林家たい平
快笑まくら集

テレビじゃ出来ない噺でございますが、

林家たい平［著］
十郎ザエモン［解説］

竹書房文庫

目次

開口一番の「まえがき」 6
寄席の世界の愉快な面々 10
我が家のダービー観戦記 18
もう一度、運転免許 29
謎かけ教頭先生 43
お酒で泣いた夜 46
運転免許がとれました 50
ゆっくりな旅は、楽しい 63
花見の風情を考える 69
竹輪とダイエット 81
骨董と狭い部屋の方程式 88
漁師体験記 96

女の見栄、男の見栄　112
光陰矢の如し　114
続・寄席の世界の愉快な面々　120
ぼくも『徹子の部屋』芸人になりました　125
嘘のような本当の話　130
網走ツアー体験記　132
深酒の思い出　143
自粛ムードの中の落語会　150
震災の日　156
我が弟子、林家あずみ　163
さりげなく筋肉を褒めたい　167
便所に無駄な電気を使うな　172
古典落語のサゲについて考える　177
ぼくは、ギャンブラー　181

新作落語について　186
正直者が損をしてはいけない　193
やっぱり、桜は立派だと思う　196
一日一食ダイエット　201
芸界の若旦那　205
修行時代のグルメな生活　208
『笑点』五十年と、ネット時代の正義について　215
「天下たい平」五〇回記念の口上　221

解説　たい平落語の魅力について　十郎ザエモン　225
「演目当てクイズ」答えあわせ　233
QRコードの使い方　237
落語音声配信QRコード「愛宕山」　238
落語音声配信QRコード「不動坊」　239

開口一番の「まえがき」

テレビ番組『笑点』で、いつも明るく楽しい笑いを振りまいてくれるオレンジ色の着物の林家たい平さん。大喜利では、司会の歌丸師匠から出される問題に気の利いた答えをたくさん用意し、時に得意の物真似で笑わせ、時には得意の歌声を披露しつつ、爆笑を巻き起こしています。

でも、たい平さんの魅力は、それだけではないんです。

たい平さんの生の独演会に接していない方々は、その魅力の一部しか観ていないと断言してしまいましょう。

たい平さんが落語家であることはご存じでしょう。では落語家の仕事は何かというと、一枚の座布団にすわって様々な人物を演じ分けながら、ひとつのストーリーを聴衆に向け語りつつ笑わせ、また感動させたりする。それが「落語」です。

そして本書のタイトルにもなっている「まくら」とは、「落語」の本筋への入る前に、その演目の世界へスムーズに誘っていくための短いお噺のことで、例えば世の中の出来事や目についた小さなエピソードをお喋りしながら、その日に語る本筋へお客様の気持ちを導くために大切な部分のことです。つまり「落語」とは、本筋だけが独立して語られるよりも、「まくら」で気持ちの流れをうまく本筋に向けてもらうと、より楽しく聴けるものだということです。そのためには本筋の魅力だけでなく、まくらも楽しく聴かせてくれないと、全体としては楽しく聴けない可能性もあるのです。

そして、たい平さんの落語は、その両方がほど良いバランスで支え合い、大きな笑いにつながっています。そんな魅力的な落語の数々はＣＤやＤＶＤ化して、ご自宅でも見聴き出来るのですが、まくらだけはその時その季節によって様々な題材で語られますので、すべてがＣＤ等で聴けるわけではありません。逆にそのほとんどは、たい平さんの独演会会場に来られた方だけが楽しんだだけで、記録テープの中に仕舞われておりました。

そこでこの『快笑まくら集』は、たい平さんが横浜・にぎわい座で定期的に行っている独演会「天下たい平」などから楽しいまくらの数々を集めて紙上再録をいたしました。

ちなみにまくらで語られる内容の中には、たくさんの固有名詞が出てまいりますが、実際はどのエピソードもかなりデフォルメされているとお考え下さる方がいいと思います。

落語家さんは笑いを誘うために、サービス精神から物事を誇張することもあるということを覚えておいて下さい。

さあまくらも含めた「たい平落語」の楽しさをまずは読んで笑って、さらには音声配信を通して古典落語を味わってみて下さい。

十郎ザエモン（落語CD、DVDプロデューサー）

編集部よりのおことわり

◆本書は「まくら」を書籍にするにあたり、文章としての読みやすさを考慮して、全編にわたり新たに加筆修正いたしました。

◆本書に登場する実在の人物名・団体名については、著者・林家たい平に確認の上、一部を編集部の責任において修正しております。予めご了承ください。

◆本書の中で使用される言葉の中には、今日の人権擁護の見地に照らして不当・不適切と思われる語句や表現が用いられている箇所がございますが、差別を助長する意図を持って使用された表現ではないこと、また、古典落語の演者である林家たい平の世界観及び伝統芸能のオリジナル性を活写する上で、これらの言葉の使用は認めざるえなかったことを鑑みて、一部を編集部の責任において改めるにとどめております。

「演目当てクイズ」のご案内

たい平師の高座は、現代の時事ネタで観客を楽しませてから、古典落語にごく自然にさりげなく入っていく現代風のスタイルです。しかし、導入部の漫談部分に、昔ながらの「まくら」の要素も練り込まれています。これから演じる古典落語を暗示したり、噺の設定を簡単に紹介したり、常に〝はじめて落語を聴く聴衆〟を意識して演じています。

そこで本書は、落語を聴き込まれている読者の皆様に、もう一つのお楽しみで、「古典落語演目当てクイズ」を設けました。本書のまくらを読まれている内に、ご通家の方ならば、この後に続く古典落語の演目が予想出来ると思います。

クイズの難易度は、本文中のヒントが少なく演目の選択肢が多いものから難易度Aとさせていただき、難易度B、難易度Cと順に易しくなっています。頁数の都合で、本編演目とは関係のない「まくら」の一部分だけを抜粋した稿は、クイズ形式にしておりません。そのまま、見出し頁に表記させていただきました。すべての演目当てクイズの回答は、二三三頁に記載させていただきました。

寄席の世界の愉快な面々

二〇〇八年四月六日　横浜にぎわい座「天下たい平」Vol. 26
演目当てクイズ【第1問 難易度C】のまくら

前座さんと旅をすると、本当に面白いです。この間はね、函館に行ったんです。ぼくはまだ弟子がいないので、そのときは柳亭市馬《りゅうていいちば》師匠のお弟子さんにお願いして、地方なんかは一緒に来てもらうんですけれどもね。

その市馬師匠という人がぼくは大好きで、すごくしっかりと古典落語ができる師匠で、人柄もいいんですよね。で、やっぱりね、人柄がいい師匠には、人柄がいい純朴な弟子が入ってくるんですよ。でね、名前は、まあ、彼のね、あの、手前がありますから、名前は公言はしませんけれども、凄いです。

前座のみんなは、旅の仕事の前は、あれこれレクチャーを受けるんです。で、彼は初めての飛行機の旅だったんですね。今まで関東近県のお仕事は、自分の師匠に連れていってもらったことがあるんですけれども、飛行機とか新幹線の旅というのは、ぼくで初めてだったらしくて、彼には兄弟子がいますので、旅でのハウツーをいろいろと教えたらしいんですよ。

例えば新幹線なんかに乗ったらね、前座はまあ、指定席か自由席で、師匠はグリーン席に乗っている場合があるから、一時間に一回ぐらいはすーっと行って、

「あ、何かご用はございますか？」

とか、

「お飲み物は足りていますか？」とか、

そんなことを言うんだよと――いうような、いろいろなレクチャーを受けて彼は来たんですよ。

飛行機に乗りまして、シートベルトをして離陸して。で、「ポンッ」と音がなって、シートベルトを外していいですよって言うまでは、みんなシートベルトを外しちゃいけないんです。少し上昇していますからね。まだ上昇しているときに、彼がこう、斜めになりながらですね（笑）、上がってきてですよ、ぼくの横に来て、

「何かお飲み物は、どうですか？」（笑）

「おい、まだ今、席立っちゃダメなんだよ」

「あっ、そうなんですか、何かお飲み物は」

それでも、「お飲み物は」って言うんですよ。

「お前はスチュワーデスじゃないんだよ、お前に頼んで出てくるのか？」

「いや、どうにもならないんですが……」（爆笑）

「どうにもならないことはいいんだ、お前も座っていれば」

「そうなんですか」

そうしたらまぁ、函館なんて一時間二〇分ぐらいですよ。そのうちに三回も来ているんですよ。最後の時はね、ぼくのところに来ましてね。

「当機は一時四〇分に到着します」（笑）

お前はパイロットか？　スチュワーデスからパイロットまでこなしているのかって。

「当機は」って、お前の飛行機なのかって。そんなのわかるんですよ、聞いていれば。もうパイロットが前にアナウンスしているんですから、ぼくだって聞こえるんですから。ねえ、凄いやつですよ。

彼は、今ちょっと、ぼくの中でピカイチですね、一緒にいて楽しい。

ある日、師匠が前座に、

「お前、キャベツとレタスの違いが言葉で説明出来るか？」

って楽屋で訊いていたんです。ほかの前座はね、

「いや、ちょっと上手く説明は……」

「お前、言葉の仕事なんだから、レタスとキャベツの違いは言葉で表現できなきゃダメだよ」

なんて言われていて、その市丸《いちまる》（現・柳亭市江《りゅうていいちえ》）、あっ、あっ、名前を言っちゃった。（爆笑）もう、もう言います、市丸君がそこにこういまして、

「お前わかるか？」って。

「あっ、キャベツとレタスの違いはわかります」

「おお、そう、お前偉いじゃないか、うん、違いがわかるだろう？　じゃあね、レタスの代表的な料理を言いなさい」

て言われたの。そうしたらね、市丸君は少し考えて、

「ロールキャベツですか？」（爆笑）

「レタスの料理」って言われて、キャベツと名前が付くのを答える。今、ピカイチです。

前座は、凄い人が多いですよ。

「スポニチ、買ってきて」

て頼んだら、スポンジを買ってくるやつがいるんですよ（笑）。ぼくは新聞が読みた

かったんですよ。スポニチはダメだ、聞き間違えるから。

「東スポ、買ってきて」

て、次の日言いました。トースト買ってくるんです（笑）。喫茶店で出前の方が難しいでしょう。凄いですよ。

もう想像も絶するようなことが、目の前で起こるんです。

馬桜《ばおう》師匠という方が落語を、池袋演芸場だったんですけれどもね、昔の池袋ですからね、えー、そこで高座に上がっていて、圓蔵《えんぞう》師匠が楽屋に入ってきたんです。でね、ズボンがかかっていたんです。そうしたら圓蔵師匠が、

「これ、誰のズボンだ？」

「あっ、今、上がられている馬桜師匠のズボンです」

って。

「ああ、そうか、下ろせ」

って、かけているズボンを下ろしたの。

「何ですか？」

って言ったら、

「はさみを貸せ」

って（笑）。で、圓蔵師匠に、はさみを渡したら、二〇センチくらいベルトをバチンと切ったんですよ。

「バックルを元に戻しておけ」（笑）

ぼくはバックルを元に戻して、そのまままた掛けておいたんです。高座が終わって馬桜師匠が着物を着替えて、最後ズボンをはきながらベルトをこうやって、

「あーっ、少し太ったかな」（爆笑）

太るわけないじゃないですか。仕事をしたら痩せるでしょう、普通は。意味がわからないんですよ、そういうことが。すべてが、意味がわからないんです。凄いですよ、みんな。悪戯《いたずら》もすごいですよ。半端じゃないですよ。

ある師匠、「住吉踊りの会」というのがありまして、みんなで落語家が踊るやつですけどね。これ、夏にやっているんですけど、どういう踊りだったか、自分が上手に踊れたかというのを、撮影したビデオをみんなでダビングして、楽屋に置いておくんです。

「誰々に渡してください」と前座が頼まれていまして、前座の机のところにたくさんビデオがあって、最後の一本がそのある師匠だったの。そこに名前は言えませんけれども、凄い師匠が来まして、

「あっ、これ、ビデオ？　ああ、住吉踊りのビデオか？」

「ええ、そうです」

「○○さんに渡すんだろう、ちょうどいいや」

「えっ、何ですか？」

自分で持ってきたアダルトビデオを（笑）、このビデオと入れ替えました。これを渡しておいてと。ぼくたちは逆らえませんので、そのまま○○師匠にお渡し。○○師匠は家族を集めて、

「いいか、お父さんが粋に踊っているね（笑）、住吉踊り。こら、ヒロシ、お父さんのお仕事を見るなら正座して見なさい、正座して。お母さんもお父さんに惚れ直すよ。おっ、始まった」

『あん、あん、あん、あん、あん、あん、あん』（笑）

「ヒロシ、お母さん、動揺するんじゃない。いいか、落語家はこういうところまで悪戯好きなんだな。最初にこういうのがね、二分ぐらい入っていると思うんだ。でもその後はね、お父さんの住吉……正座を崩すんじゃない」

家族で三〇分観終わりました（爆笑）。ずっとエッチなシーンだったという、普通は五分で気がつきますよ。それを家族全員で観ているというね、やっぱりこういう人しか落語家になれないんですね。ねえ、まあ、世の中には落語家よりもずうっと、そそっかしい人

だとか、まあ、どこかこう、抜けているような方がたくさんいますね。そういう方が今の季節、引っ越しなんかをすると、エライことになるようでございまして。

我が家のダービー観戦記

二〇〇八年六月一日　横浜にぎわい座「天下たい平」Vol.27
『ろくろ首』のまくら

急にまた今日は暑くなりましてね、えー、ダービー日和ということで、桜木町の駅のところはごった返しておりまして。みんなわたしの独演会に来るのかなと思ったら、皆さん馬券売り場の方に（笑）。

何かあの、わかりますね、見ていて……（笑）。この流れを見ていて、ぼくの会に来る人なのか、馬券を買いに来る人なのか。やっぱりね、この会に来る人は少し顔にゆとりがありますね（笑）。何かね、馬券売り場に行く人は、何かこう、殺気だっていますよね。ええ、ちょっと肩がぶつかっただけで、もの凄く睨まれたり何かして、ああ、こういう人は来ないで欲しいなと思ったりなんかして（笑）、えー、実際にこうやって来てみますと、本当にたくさんの方が、えー、ゆとりのある皆さんが来ていただいて、ありがたいことでございます（笑）。

わたしは競馬というものは、やらないんですけれども、この間、何か国から賞をいただきまして、その受賞者みんなにご案内が来るんですね。そのダービーのいわゆる貴賓席というところなんでございましょう。えー、そこんところにご案内をしますので、ぜひ、いらしてくださいというのが、賞をいただいた皆さん全員こう、まあ、ダービー版園遊会みたいなもんですよ（笑）。

で、そこに呼んでいただいて、ぼくはここの独演会があるものですから、いや、ちょっと無理だなと思ったんですけれども、でも何か、あの、うちの子供とかみさんが、どうしても貴賓席に行きたいと言い出しまして。

「ガラス張りの所で何かを見るなんていうのは、あんたが今度、集中治療室に入ったときだけだよ」

って（爆笑）。ぼくよりも面白いことを言うんですよ。ねえ、確かに何か似ていますよね、集中治療室（笑）。

まあ、だからそういうふうにガラス越しでなかなか見られないので、ぜひ見せて欲しいというので、子供たちも、

「馬に会いたい、馬に会いたい」

とか言って、もう

「圓楽《えんらく》師匠（五代目）に会ったじゃないか？」（笑）

って言ったんですけれども、それでも「本物の馬に会いたい」って。じゃあ、あれは偽物の馬だったというのが、ちゃんとわかっていたんですね。

でまあ、今日は九時に出発をいたしまして、一〇時ぐらいから第一レースが始まっているんです。府中まで行ってまいりまして、「中央フリーウェイ」とか自分で、京王線の中で歌いながら（笑）、免許がないもんですからね。歌を歌いながらようやく着きまして、まあ、実際に行ってみると本当にきれいでしたよ。

あのターフというんですか？　芝のことをターフというんだそうですけどもね。緑で、それからこの、何ていうんですか、あの、トラクターが走るようなところもありましてね、あれは何ていうんですかね（笑）。土の所ですよね。ダート、ダートですか、そういうのもあって、中は子供たちが遊べるように遊園地みたいになっているんですね。もう凄いですよ。

ええ、ちょっと遅い花見みたいに、上の方から見るともう皆さんその芝生席の所に、ブルーのシートを敷いて、みんなで席取りをして、もう宴会が一〇時ぐらいから始まっているんですよね。あんな人たちには、当てられないいんじゃないかなと思います（笑）。で、ぼくは、もう二度と行けないんじゃないかなというような「貴賓席」という所に通していただいたんですよ。

ガラス張りになっていましてね。……意外とつまんないですよ（笑）。だからね、普通に競馬に行っている人の方が全然楽しいんですよ（笑）。

「わぁー！」

とかね、

「行けぇー！」

とかね、そういうね、何かもう死に物狂いのおじさんとかが近くにいる方が楽しいですよ（爆笑）。貴賓席とか全然楽しくないですよ。もう何かね、負けてもみんな「五万円ぐらいでしょう」（笑）みたいな、そんな人なんですよ。

ぼくなんか百円ずつ買っているのが、恥ずかしいんですから。貴賓席用の券売所があって、そこでみんな一万幾らとか言っているのに、ぼくだけ、

「えー、これを百円と、これを百円」

って、もの凄く恥ずかしいので、小声で言っているのに、あの人達は復唱するんですよ（笑）。

「一点百円で、よろしいですか？」（爆笑）

って。百円でうちの家族全員が悲しんでいたりするわけです（笑）。我が家は「あーっ！」とか言っているのに、もうみんな全然平気なわけですよ。五万円ぐらい一レースで、すってもね。もう何か落ち着き払っていて、嫌な感じがするんですよ（笑）。

JRAの人たちが、いっぱい、お菓子とか運んで来てくれます。もう子供たちの口の周り、チョコレートだらけになりながら（笑）、もの凄い欠食児童みたいに、何も普段与えていないみたいな（笑）、もうジュースとか三つ並べて飲んで、ポッキーとかもう、三本も四本も口の中に入れて、本当に恥ずかしいんです。

そんな状況の中で、ぼくの隣のテーブルに海老蔵さんですよ。市川海老蔵さん。マネージャーさんと来ていましてね、

「あっ、こんにちは」

とか言って、

「たい平さんも競馬やるんですか？」

とか言いながら、

「まあ、ちょっとたしなむ程度」（笑）

とか言いながら。百円ですからね、まあ、向こうは全然違うの（笑）。

「まあまあ、たしなむ程度に」

「ああ、そうですか、今日は楽しみましょうよ」

「あの、ビギ、ビギナー、ズ、ラックとかいうんですか、あのぅ、ぼく必ず誕生日とかで必ず買っちゃうんですけど、買っています？」

って言ったら、

「前は買いましたけどね、今はあんまり買わないですね」

「ああ、そうですか、誕生日とかで買わないんですか。買わないですね。ああ、そうですか、実はぼく、海老蔵さんと誕生日が一緒なんですよ」（笑）

って。そんなきっかけを言うのに、もの凄く時間がかかるんです（笑）。噺家だったら「十二月六日でしょう？」なんて言えばいいんですけど、なんか歌舞伎役者というだけで、何かね、こう、何か負い目があるんですね。何ですかね、あれね、同じ伝統芸能なんですけどね。

でもそんなこと言ってもね、海老蔵さんですよ。憧れの海老蔵さんですから、もう何か、話しかけるのも……おれも坊主にしちゃおうかなぁとか（笑）、思ったりなんかしてね。坊主はやっぱカッコいいとか、何かずっと思っているわけですよ。ぼくは全然見たことがない「勝ち馬」なんていう、新聞を見ながらね、ずっと海老蔵さんばっかり見ているわけですよ。そうしたら子供たちは全然違うところに目が行っていましたね。ええ、海老蔵さんの反対側にいたんですよ。

子供たちは全然馬なんか走るところ、見ないです。娘が最初に見つけました。

「リチャードだ」

リチャード・ギアじゃないですよ（笑）、皆さん。あの、『鹿男あをによし』というドラマがあったんですよ、知っています？　あの、奈良を舞台にして、あの、鹿と話が出来る男のドラマが、もの凄くヒットしたんです、ちょっと前にね。そこで校長先生の役が児玉清さんです。児玉清さんに普通子供は反応しないですよ。反応します？　もう、もの凄いんですよ。

「うわぁ、リチャードだ」

小学校四年の娘と六年の息子の瞳が、ずっとハートマークなんですよ（笑）。

「お父さん、サインもらってきて」と言われまして、もの凄く恥ずかしいですけど、取りあえず子供たちのためにと思って、

「すみません、あの、児玉清さんですよね」

「あっ、そうです」

「あの、子供たちがリチャードの大ファンなんで」

「いやぁ、そんなこと言われたの初めてだな」

とか言われながら、それで写真を撮ってもらって、取りあえず、並ばせてもらって、

「すみませんです、何かおくつろぎのところ、本当にすみません」

「いや、いいですよ」

「あのぅ、サインもいいですか？」

「あっ、いいですよ、ああ、うれしいな、サインなんて子供から言われるの、嬉しいな」

って言ってくれたんですけど、

「すみません、児玉清って書かないで、リチャードって書いてもらえますか？」(笑)

——って。それはどうなんですか。たぶんぼくがリチャードだったら、もの凄く傷つきますよ。林家たい平のサインじゃないんだよ。リチャードでいいんだって。

まあ、でも何か、何か楽しかったですよ。これからもっと続々と凄い人が来るんでしょうね。で、お金いっぱい使って帰るんでしょうね。

うちは家族五人で行きまして、四レースまで見てこちらに来ましたので、えー、二千八百円損して、もの凄くみんな打ちひしがれて(笑)、えー、こちらに、折角だったら湘南新宿ラインのグリーンに乗ろうと言ってきたんですけど、二千八百円すってしまったので、普通車に乗ってきました(爆笑)。

みんなバラバラに座って、家族で折角楽しいはずの日曜日なのに、みんなバラバラに

座ってどうするの？　みんな無口になっちゃったから、

「二千八百円ぐらいお父さん、後で稼いであげるよ」

とか言いながら（笑）。

えー、もう何ですかね、競馬。まあ、でもね、子供はきっと楽しんだろうなぁ。大人でも見ていて楽しいですもん。その貴賓席の大画面のモニターに、パドックが映るんですよ。だからね、本当は安い入場券を払って、パドックとか自由に行ってね、もつ煮込みとか食べて、襟元を汚したりしている方が楽しいですよ（笑）。缶チューハイとか飲んで、べロべロになって帰る方が絶対楽しいですって。貴賓席には、何にもそういう空気感が無いわけですよね。

パドックだって、大きな画面で観るしかないんですよ。やっぱりね、そういう意味で言うと、うーん、本当の贅沢というのは、やっぱり本当にこういう風に生でものを見たりとか、そういうことの方が贅沢だなというのは、あらためて感じますね。

パドックでもの凄く入れ込んでいる馬がいたんですよ。一番人気なんですよ。十二番という馬、おお、これ凄いな、入れ込んでいるなと思ってね、買いました。ここだけの話ですけれども、かみさんが、こう、あのぅ、向こうの方にいるので内緒ですけど、それは、さっきの二千八百円には入っていない（爆笑）。

いや、口が滑った。五百円買っているんです。単勝といって、馬一頭だけね、先頭の一着だけ当てるというのが、単勝というんですけど、それ、五百円。かみさんから渡されたお財布とは違うポケットにたまたま五百円入ってて、こ、これが五万円ぐらいに変わるかも知れないと思いながらね、えー、もの凄く入れ込んでいて、で、一番人気なんですよ。ねえ、走りだしました。ええ、凄いですよ。まったく走らない（爆笑・拍手）。

あの、先頭になるような予感すら見せない（笑）。一八頭立てで、最初からずっと一七番。ええ、凄かったですね。何かね、どんどんこう、あれ、わかりますね。こう、負けてどんどんどんどん熱くなって、これを取り返そう、これを、これを取り返そうという、あの、『文七元結《ぶんしちもっとい》』の左官の長兵衛《ちょうべえ》親方の気持ちが、今日わかりました（笑）。だから今年の冬は『文七元結』、ぼくの、がらりと変わるでしょうね（笑）。「是非観に来ていただければなぁ」と思います。今日演るわけじゃありません。いや、楽しかったですね、ええ。

すみません、本当に、あの、内緒のことが多いので、顔に出ちゃうタイプなんですよね。実は、かみさんにも内緒でまた、一〇レースのダービーも千円だけ買っちゃって（爆笑）。ええ、ちょっとこれが気になるもんですから。だからぁ、結局、えー、千五百円プラス二千八百円ですから、えー、我が家は本当は五千円近く損をしているんですね。まあ、公の数字として二千八百円でしたね。

まあ、面白いことがいろいろありますよ、ええ。面白いと言えば、まあ、落語が一番ですよね。ここに来て急にお金をすったりしないでしょう。例えば一席目がつまんなかったから、あと一席、もうあと百円払おうとかって（笑）、そういう人いないでしょう。取り返そうなんて人、一人もいないわけですからね。もう最初に払ったお金で済むんです。ああいうところは、そうはいかないんです。

夢のような世界ですよ、ねえ。ここは、足を投げ出していただいてもいいです。その、貴賓席なんかで足なんか投げ出せないんですから。緊張しちゃってもう、全然くつろげなかったですよ、貴賓席。リチャード。何かいいですよ、ドキドキするというのは、大人になってね。

ただここの、にぎわい座のお客さん、パッドクという楽屋が見られないのが、残念でしょ（笑）。

もう一度、運転免許

二〇〇八年八月三日　横浜にぎわい座「天下たい平」Vol.28
演目当てクイズ【第2問 難易度C】のまくら

お暑い中、たくさんのお運びをいただきまして、誠にありがたく御礼を申し上げます。今宵この暑さ、吹き飛ばしていただき、夕方になりまして、ちょっと涼しくなったところで、表に出ていただければなんて思っております。えー、鯉斗《こいと》（直前出演の前座）さんでございました、無駄な汗がたくさん飛び散っております（笑）。いいですね、あの、青春のときにかいた無駄な汗というのはいいですね。このねぇ、どれぐらい無駄なことに力を注ぐかということが、とても大切なんでございます。

そうでしょう？　子供の頃に、無駄な汗をかいていないとね、やっぱりね、交感神経がおかしくなるんです。もう意味が無かったですね。子供の頃の遊びというのはねぇ、例えば砂場ですか、砂場と言ってもそば屋じゃないですよ。砂場でひたすら穴を掘ってみたり、そして、大人の設計はどんな風になっているんだろう？　この砂をずっと下まで掘ると、どのぐらいまで下に砂があるんだろうと思いながらずっと掘ってみたりして、六〇センチぐらい掘るとコンクリートが出てきてね（笑）、大人の浅はかな計画を知っちゃったりなんかして。まったく意味無くそんなことをしていましたよねぇ。

もうひたすら、その公園の水道のところから、帽子に水を入れて、そして自分たちで砂を掘って作ったダムの中にね、ザァーッと入れるんですけれども、また向こうに帰ると半分ぐらい水が、こう、減っていってしまう。あのときにかいた、一見、無駄だと思われる汗は、とても大人になって役立つんですね。

今、わたくしは四十三歳で、えー、一つ挑戦をしておりましてね、鮫洲という……こちらの横浜は、どこなんでございましょう？　東京では、あの、鮫洲というところと、また府中の方に試験場というのがありましてね。えー、運転免許を取っているんです。

実はわたくし、あの、今からもう四、五年ぐらい前に、気が付いたら運転免許が失効しておりました。書き換えに行くのをすっかり忘れておりまして、で、もう、仕方がありません。自動二輪と車の免許が無くなってしまいましたので、えー、どうしようかなって。

まあ、最近は何かね、ちょっと車と車がぶつかったぐらいで、すぐに新聞沙汰になりますでしょう、芸能人の方たちはね。ぼくは芸能人じゃないですから、あれですけれども、でもね、そんなふうに書かれるのも面倒くさいから、もう免許はいいかなと思ったんですけれどもね。

でもやっぱり自動車というもの、あの素晴らしさといいますか、一人きりになれる空間は、あそこしか無いんですよ（笑）。何でも自由なんですよ。嬉しかったですね。あの、自分の好きな音楽を聴くことが出来る。かみさんから、「ちょっとお願い！」なんて呼ばれることもない（爆笑）、凄く幸せな空間で。

この間、幸せな空間で思い出しましたけど、ぼく、タクシーで浅草演芸ホールに向かっておりましたら、ちょうど赤信号で信号待ちをしていたら、隣のトラックを運転しているドライバーさんが、停車した途端に篠笛の稽古を始めたんです（笑）。寸暇を惜しんでケイコする。いや、見習わなくちゃなぁなんて思いました（笑）。

よし、もう一度免許を取ろうと。でも、自動車学校に通うのは大変ですし、またそういう時間がちょっとなくなってしまいましたので、じゃあ、どうやったら免許が取れるかなといいろいろと調べましたら、一発免許というのがあるんですね。それこそ先ほど言ったとおり、鮫洲の試験場に通って、そこで学科と実技を、お巡りさんを助手席に乗せて運転するわけですよ。それをやってみようと思いまして、まずは学科の試験が五〇問中四五点以上で仮免許の実技が受けられるので、それに行ってきました。

朝の八時半から行ってきましたよ、鮫洲の試験場。もう、あの、びっくりしますね。にぎわい座に来ていただいているお客さんは、普通にちゃんとなさっていますし、また普段ラジオでやっている仕事仲間というのも、やはりちゃんとしていて。えー、ですからちゃんとしている人としか付き合っていないんですよね。まあ、鯉斗君だけは例外でございますけど（笑）。

ちゃんとしている状況の中で、常に毎日生活をしているから、みんなちゃんとしているんだなと思ったら、そうじゃないんですね（笑）。びっくりしました、鮫洲の試験場に行って。四十歳過ぎはぼくだけですね。もう後はそれこそ原付きの免許から、すべての免許が一つの教室でやるもんですから、十六歳から四十三歳までが一緒の教室で試験を受けるんですよ。もの凄いですよ。日本人なのに日本語が通じない人たちが（笑）、たくさん来ている。凄いです、びっくりしましたね。

あの、いっぱい書いて壁に貼ってあるんですよ。えーと、テストは鉛筆と消しゴムで、無い方は売店で買ってくださいという風に、何枚も張ってあるんですけれども、そういうことも、読んでいないんですね。で、読んでいないですから、始まってから五分ぐらいしたら、ぼくの前のやつが、

「すみません」

てきて、

「はい、どうしました？」

「間違えちゃったときは、どうしたらいいんですか？」（爆笑）

消しゴムって書いてあるのに、そういうことすら、わからないんですよ。

で、やっている途中ですよ。一五分ぐらいしたら、またこっち側のやつに電話がかかってきて、

「はい、もしもし、俺、今、試験中……」（笑）

「おーい、ちょっと、だめだよ君、試験中なんだから携帯電話を切りなさいよ」

「かかって来たので」（爆笑）

「かかって来たので」って、喧嘩じゃないんですよ（笑）。もうね、普通のルールがわかっていない人たちが多いんですよ。で、始まるまで本当に椅子にこう、足を投げ出して。何ですかね、あの若いやつら、歩き方がおかしいですね。何だろうな？　ぼくたち普通に歩くじゃないですか。それがズボンが腰の下まで、こう、こうなっているので、みんな（爆笑・拍手）。

こんなやつばっかりなんですよ。それで椅子に座って。今度は発表があるので、四〇分ぐらいすると、また教室に戻ってくるんですけど、もうお巡りさんもわかっているんです。だからね、注意の仕方が、面白いというかね、謝りながらお巡りさんが近づいて来

るの。

「はい、ごめんなさい、ごめんなさい、ごめんなさい、ごめんなさい、はい、ここはダメ、食事は出来ない、はい、ごめんなさい、ごめんなさい、ごめんなさい。」（笑）

「ごめんなさい」と一緒に出て来るの。

「はい、ごめんなさい、ごめんなさい、携帯電話は切ってくれるかな、ごめんなさい」

「ごめんなさい、ごめんなさい」って、ずっと呪文を唱えながら、殴られそうなやつにお巡りさんが近づいて来るんですよ。

「はい、ごめんさい、ごめんなさい、ごめんなさい」

そうすると、「あぁー？」とか言いながら、連れてかれるんです（爆笑）。本当に何かぼくね、あんなに久しぶりにプレッシャーを感じた試験は無かったですよ。だってこいつらが合格して、おれが落ちたらどういうこと？　ってね（爆笑・拍手）。

今までの人生の中で一番プレッシャーかかりましたね。あの、高校受験のときは、だいたい同じようなレベルなので、その中でどんぐりの背比べですよ。でもこいつに負けてね、「間違えたんですけど、どうしたらいいですか？」って、こういうやつに負けたらおれの人生四十三年間何だったんだろうって、もう必死でしたよ、頑張ろうって。もう何回も見直ししてね、まあ、とにかく受かったのでよかったですよ（拍手）。

いやいやいや。この間、八月の三日に、実技を受けてきたんですよ。お巡りさんを隣に乗せてということは、普通考えられないでしょう、皆さん。何かしたら、お巡りさんの後ろとか横に座るってことはありますよ（笑）。ねえ、でも助手席にお巡りさんが乗っていて、自分が運転するという状況は、普段無い状況なんです。自分が運転するときに、もう一人必ず乗ります。あれはたぶん不正が無いようにですね。

二人でもって、「いいよいいよ、君のことは聞いてますから」とかいって、まあね、お金のやりとりとかそういうのは絶対無いんでしょうけど、でも誰かを必ず置くことによって、そういう不正を防止するという意味もあるんでしょう。または坂道発進のときに、もう一人乗せているところで坂道発進が出来るかとか、そういうこともあるんでしょう。

ですから、わたしの試験の時にも、後ろに一人乗っているんです。それが、消しゴムの男だったんですよ（爆笑）。ルームミラーを直していたら、「消しゴムの男」が映った。あいつも合格していたんだと思いながら、もの凄く心の動揺を隠せないままに、

「すっ、スタート準備が出来ました」

とか言ったらね、

「はい、スタート準備が出来ましたか？　あっ、後ろの人、スタート準備出来ていない、シートベルトを締める！」（笑）

って、もう早速後ろのやつが、怒られているんですよ。

もうそういう状況で、わたしの試験なのに、常に後ろのやつが怒られているんです(笑)。「勝手に窓を開けない」とかね。案の定、携帯電話が途中で、

「ああ、今、他のやつの試験中」(爆笑)

とかって、もの凄い状況の中で、わたくし、試験をやって。で、またぼく、そいつの後に今度ぼく、ぼくが九番で彼が一〇番だったので、一〇番のとき誰も乗っていないといけないので、ぼくがそいつのときに後ろに乗っていたんです。

酷い目に遭わせてやろうと思ったんですけど(笑)、最初にそいつルームミラーを合わせて、おれにガンつけたんですよ。怖いと思って、ずっとシートベルトをして何もしませんでした(笑)。何かしたら、鮫洲を出た途端に待ち伏せされたら大変ですからね。

まあ、交通事故がたくさん起きていますよねえ、起きていますけれども、こういうやつらを見たら、まだ起きていないほうだなと思いました(笑)。

治外法権みたいなやつがいっぱいいるんですよ。そういうやつらが免許を持ってるってことですよ、実際に。そういう人たちが運転しているわけですよ。レールもないところを運転しているわけですからね、いや、びっくりしましたね。ああいう所に、まあ、四十三歳で逆に行ってみてよかったですね。あれ、学校の先生なんか、本当に大変だと思いま

すよ。

お巡りさんだって、「ごめんなさい、ごめんなさい」で近づいていくんですよ。お巡りさんなのにねぇ、丸腰ですからね。武器っていったら、あの大きな三角定規ぐらいしかないですよ（笑）。いや、本当に勉強になりましたね。三十三歳のときに、はじめて運転免許を取りに行ったんですよ。ええ、それは自動車学校だったんですけど、あのときもまあ、恥ずかしかったですね。ぼくは三十三歳の夏休みに取りに行ったので、他のみんな殆どが高校生で、何か一人おじさんがいて、何かお巡りさんもやっぱりおじさんがいると少し安心で、「代表してまず君から」なんて言われて（笑）。

知っています？　最近、救急救命の試験というか、授業があるんですよ。ここに「トーマス君」という人が寝ていまして、何でいきなり外国人なんだと思うんですけど（笑）。「まずは意識があるか確認するというのを、じゃあ、はい、君から最初にやってください」

って言われて。

「大丈夫ですか、大丈夫ですか、トーマスさん、大丈夫ですか」

倒れているのに、何で名前がわかるんだ（笑）。

「すみません、誰か救急車を呼んでくださーい！」

と叫んだあとで、「一、二、三」って、心臓マッサージをずっとやるんですけれども（笑）。

まあ、そういうわけで、今、取りあえず仮免許というのを手にしました。自動車学校にいると仮免許という運転免許証は見ずじまいなんですけど、鮫洲で取ると白いケント紙のこのぐらいのやつが二つ折りになって、ぼくの写真が貼ってあって、仮運転免許証というのがあるんですね。で、それがあると、勉強のために、隣に三年以上の運転経験がある免許証を持っている人を乗せて、運転することが出来るんですけどね。ちょっと楽しみになりました。

たぶん、次回は一〇月ですから、一〇月までには運転免許を取って、ここの皆さんの前で終演後、そこの道路に皆さん出ていていただいて、で、坂の上の方から車でブゥーッと。それをぜひお見せしたいなと思っておりますので、お楽しみに（拍手）。

（客席「ポルシェ！」）

いやいや、まあ、そうですね。ありがとうございます。もうラジオを聴き過ぎですよ、いいですか。そうなんですよ。もうね、免許が無いのにね、テリー伊藤さんがね、ポルシェに電話してね、

「この人がポルシェ買います」

と言うんですよ（笑）。でね、そんなのね、免許が無い人なんだから、最初から信じな

ければいいのにね、そのポルシェ・センターの人もね、営業の人がポルシェに乗って見せに来るんですよ。でね、契約書まで持ってきて、ハンコをつくだけになっていました。

「ぼく、免許も持っていないし、お金も無いんですから、ポルシェなんか買えないですよ」

って言っているのに、テリーさんがその横で、

「ポルシェを二台ください」（爆笑）

って。「何で二台なんですか？」って言ったら、自分の分もどうやら入っていると（笑）。まあ、そんなことで一生懸命頑張らなければいけないんです。

えー、まあ、昨日は神宮花火大会、また今日も花火大会があるらしくて、ちょうど来る東海道線の中も、たくさんの方たちが浴衣を着ていました。また女性が最近浴衣をよく着ていまして、いいですね。

でも何かあの、浴衣に合うバッグとかが、なかなか手に入らないのか、巾着だと何も入らないのか、いろいろなものを浴衣なのに持っていますね。今日凄かったのは、浴衣なのに、あの、ガラガラ引くキャリーバッグなんですね。浴衣でお前、どこに行くんだと。ガラガラ引いているんですよ。だからどこで着替えて、浴衣になったのかわかりませんけれ

ども、ガラガラガラガラ。あのガラガラ、あれ本当に何ですかね、あの、みんな最近ガラガラですね。昔はみんなちゃんと手に持っていたでしょう、少しぐらい重かったら、もうそれこそ肩にかけたりして。それがみんなガラガラですよ。

こんなちっちゃいやつまで、ガラガラしている人がいるの（笑）。「そんなの持てよ」と。また見えないんですよ、あのガラガラが。地面を這っているからね（笑）。何も無いから、その人が行き過ぎたかなと思って通ると、ガクッてつまずいたりするので、何か、ひと工夫必要ですね。テープが上にこう、ヒラヒラしているとか、もうみんなガラガラ。もう大変ですよね。

今は隅田川花火大会なんていっていますけど、昔は両国の川開きといっていたんです。まあ、それまでは川で一切遊んではいけないというお触れが出ておりまして、この川開きを境に川で遊んでいいという、まあ、江戸中の人が待ちに待った行事でございまして。その当日、ポンポンと花火が打ち上がる。一番見やすいとされておりましたのが両国橋。長さが九六間。ねえ、九六間といいましても、お若い方はおわかりにならないと思います。

これは尺貫法ですからね、えー、一間が一・八一八メートルですから、えー、それぞれが計算していただければ（笑）、どのぐらい長い橋かというのが、おわかりになると思うんです。その当日は、もう人、人、人でごった返しておりまして、もうアリの子一匹通れないというようなさわぎだったそうでございますね。

花火が筒から打ち上がる。

「上がった、上がった、上がった、上がった、上がった、たぁーまぁーやぁー」

上に上がって開いて下に落ちて川の中で、ジュッと消えるまでを一息で褒めるのが、江戸っ子の粋とされておりました。

これ、長ければ長いほど、花火の褒め言葉はいいんですね。ただ歌舞伎なんかの場合ですとね、あまり褒め言葉が長いのは、よくございません。

役者が、とんぱらんと見えを切った途端に、「なぁーりぃーこぉーまぁーやぁー」と言っていると、そのまま後ろに倒れてしまいます（笑）。新派新国劇になりますとね、屋号というものがございませんから、名前を呼んだそうですね。「長谷川！」「近藤！」なんて。でもね、いくら新派新国劇で、うーん、名前を呼び捨てにしていいといっても、やっぱりファンの方に、「呼び捨てにしないで」なんて言われて、じゃあ、さん付けしようといって一度やってみたらしいです。

「長谷川さーん」

「近藤さーん、お薬三日分です」（爆笑）

これはあまりよくないというので、再び、呼び捨てにしたそうでございますけれどもね。

謎かけ教頭先生

二〇〇八年一〇月五日　横浜にぎわい座「天下たい平」Vol.29
『長短』のまくら

【大相撲力士大麻問題】……二〇〇八年八月十八日。大麻取締法違反の疑いで幕内力士の逮捕が発覚した。日本相撲協会は、逮捕された現役力士を史上初の解雇処分とし、抜き打ちの尿検査を行ったところ、あらたに二名の力士の尿から陽性反応が出た。相撲協会九代目理事長・北の海敏満が辞任するなど、世間を騒がせる不祥事となる。

わたくし、小学校六年の息子がいましてね、もう小学校最後の運動会ですから、父親として行かなくちゃいけないと思ってね、で、行ってきたんですけど、『笑点』の収録があったので、徒競走だけしか見られなかったんです。

で、その前に準備体操ですとか入場行進を見て、朝礼台の上に乗っている校長先生のあいさつとか聞いたりして、「ああ、久しぶりだな、こんなの聞くの」なんて思ったりして。

そうしたら今度は教頭先生が出てきて、諸注意というのをやっていました。

「ええ、皆さん、それぞれ応援は、あの、ちゃんと節度を持っておやりください。特に子供たちは節度を持って一生懸命応援するんですけれども、親たちがちょっと、派手な応援を最近することが多いので、節度を持ってください、よろしいですか。鳴り物、まだ鳴り物はいいですけども、へんてこなキラキラするものを持ったり、またはあの、バルーンを飛ばしたりするような、そういうお母さん方もいますので、そういうことのないようにお願いいたします。

それからですね、皆さん最近はビデオを撮ったり、写真を撮ったりする方がですね、もう自分の席だけを取りたいということで、もういっぱい荷物を置いて席取りをしている方がいるので、これも本当に迷惑しますのでね、気を付けてください、いいですか。お母様方、お父様方、『運動会とかけまして』」（笑）

って、教頭先生ですよ。いいですか、青空のもと、朝礼台の上での諸注意ですよ。

「『運動会とかけまして、相撲協会と解きます』その心は、『心ない関取（席取り）でみんなが迷惑しているでしょう』」

ウォーッ（爆笑・拍手）。

今の拍手より数倍の拍手ですよ。小学生も、「うぉー、座布団一枚！」とか言っているわけです。凄いものを見させていただいた感じがしました。あの教頭先生に、弟子入りしようと思ったり（笑）。なかなか朝礼台の上で謎かけなんか出来ないですから。親も見てますからねぇ。まあ、そういう意味で言うと、ああいう先生がいるということがもの凄く素敵なことかも知れないなと思うんですよ。何かこうね、一生懸命、一生懸命の精神的なきっつきつも、いいですけれど、こう、遊びのある、懐の広いね、にこにこしながら大きく構えてくれたキャッチャーのところに、子供たちが、ぶわーっと暴投しても、ちゃんと取ってくれるようなね、あんな先生がたくさんいてくれれば良いのになぁと思うんですが。

お酒で泣いた夜

二〇〇八年一二月七日　横浜にぎわい座「天下たい平」Vol.30
演目当てクイズ【第3問 難易度B】のまくら

あのぉー、ぼくは凄く酒が強いと思ってたんですよ。だけどね、そうじゃなかったですね。入門しまして、うちのこん平《ぺい》はもの凄く酒が強いですから、もう二軒、三軒、四軒、五軒、朝まではしごなんていうのはざらでした。師匠と同じだけ飲むんですね。ぼくはいつも師匠の前で飲んでいますから、俺が何杯飲んだ、そしてたい平が何杯飲んだっていうのも、師匠は気い使いですからね、誰が何杯飲んでて、あそこで遠慮していて飲まない、食べない奴がいるんじゃないかというので、「おいっ、食べなさい、頼みなさい」っていう風にずっと気を使いながら、ワアッと飲んでいるんですね。

その目の前にいますからね、ぼくが何杯飲んでいるなんてお見通し。

「お前、酒が嫌いじゃないんだから」

と、前座のときから言っていただいて、

「大学まで出て、もう大学時代散々飲んだんだろ、嫌いじゃないのはわかってんだから飲みなさい、もういいんだよ、仕事が終わったんだから」

と言って飲ませてくれるんです。もう師匠と同じぐらいのペースでもって。それでもまったく酔わないんですね。わぁ、おれって凄く強いんだと思って。で、前座の修業が終わって二ツ目になって、自分のお金でお酒を飲んだときに、二合も飲むとフラフラになるんですね(笑)。

そりゃね、やっぱりね、ある意味凄い緊張感なんです。うちの師匠と飲んでるというところで、酔ってはいけないというその緊張感が。どんなに酒を飲んでも酔えないんですね。それが一本たがが外れるというと、ぐずぐずっと。自分の飲みたいだけ飲んで、あっという間に酔いつぶれるんですね。

日頃ぐっとため込んでいたものが、お酒を飲むと出ますよ。前座時代も一生懸命働いて、まあ、うちの兄弟子の真打披露興行なんかも、四〇日間ずっと前座で下働きで務めて、その最終日でしたね。上野の鈴本演芸場が終わって、打ち上げ会場も、わたくしが一番下っ端ですから、えー、目ぼしい所を見つけてきて、そこに何十人でこれから伺いますと言って、そこで二時間ぐらい盛り上がって。

で、その後先輩が、

「おい、じゃあ、ちょっと小腹がすいたから、冷麺でもみんなで食べよう」

というので、

「いつも行く焼き肉屋は空いているかどうか見てきてくれ」

と、言われたんですね。「はい」と言って走っていって。で、焼き肉屋さんは馴染みの焼き肉屋さんですから、わたしも顔なじみでね、

「これから二五人で、冷麺を食べに来ますんで、席を空けといてください」

と言って帰ってきて。

「大丈夫でした」と報告。一五分ぐらいたって行ったらなんと、冷麺がもうすでに二五個こしらえられて、大広間がセッティングされてたんですね。それで凄く怒られましてね。

「全員が冷麺を食うわけじゃないだろう。それも少し肉を焼いて、最後に冷麺を食べる人は食べるという、そういう例えの話だよ、お前、いきなり二五個冷麺作られちゃって、どうするんだ、バカ!」

このぐらいの口調で言われたんです。

一生懸命やっていたという気持ちが、もの凄く心の中にぎゅっと凝縮されていたんです。それが、その、その一言でバッと破裂してしまった。でも先輩師匠方がいますから、

その場ではどうすることも出来ないので、その大広間の横にある便所に入って、もの凄く大きな声で恥ずかしいぐらいに、

「ひぇ、しょう、けん、えい、頑張ったのに、良かれと思ってやった、の、にぃ、えぇん、えぇーん、えぇーん」（爆笑）

大広間ではもう二五人で盛り上がりたいんですけども、ずっとわたしの泣き声が聞こえているもんですから、「盛り上がらないな、もういい、あいつを何とかなだめてこい」なんて言われた、とんでん平《へい》兄さんという先輩が、わたしが泣いている便所に来て、

「もう、もう、やめろよな、みんな、もういいって、みんな『わかった』って言っているからよ、こっちへ来て一緒に飲めよ」

「あ、あ、あ、兄さん、ぅ、ぅ、ぅーぅー」（笑）

って、今度はとんでん平兄さんも一緒にもらい泣きして（笑）、「わぁ、あー、あー」二人で泣いてもう凄いことになってました。何か溜め込んでいるというのは、そういうときにドバァッと出るんでございますね。

運転免許がとれました

二〇〇九年二月一日　横浜にぎわい座「天下たい平」Vol.31
『ふぐ鍋』のまくら

※当時、林家たい平は、落語初心者向けCDの企画中で、前座噺を意図的に連続して高座にかけていた。

いっぱいのお運びで、ありがたく御礼を申し上げます。前座修行中の高座というのは、本当に、喋りたいことも喋れないという、そういう修業がずぅーっと続くんですね。以前来ていただいたお客さんに、「ありがとうございます」だとか、天気のお話であるとか、今日あった出来事とか、そういうことも話したいんですけどもね。「え〜、一席の間のお付き合いを願っておきます」と言って、すっと落語に入らなければいけない。

久しぶりに前座噺みたいなものを、前回も演《や》らせていただきまして、また今回も演らせていただきますと、もの凄く、普通の落語よりも緊張するということがよくわかりました。えー、それはなぜかというと、皆さんがよく知っているお噺ということで（笑）、間違えたのがすぐにわかってしまうという、こういうところがもの凄くプレッシャーなんですね（笑）。

あのね、『寿限無』なんかもいろんな言い立てがあるんですよ。それをね、子供たちがいろんな本で読んでまして、その読んでる本によってまた言い立てが微妙に違うんですね。ぼくのを観に来て、「あ、違う」とかいろいろ言うわけです。うちの子供まで言いますからね。今、『落語絵本』というのが、もう八冊ぐらい出てるんですかね。その『初天《はってん》神《じん》』とか見て、「お父さんの筋はちょっと違うよ」とか（笑）、そんなことを言うんですけども、すべてがすべて一つというわけではないですね。

我々の落語の方は口伝でございますから、先ほどの「五劫《ごこう》の擦り切れ」一劫《いっこう》というのは、ある人に教わると千年に一度天女が舞い降りるという方もいますし、百年に一度の方もいますし、三千年に一度の方もいるんですね。え、それから、「藪《やぶ》ら柑子《こうじ》の藪柑子」というふうに教える方もいますし、何だか語呂がいいのか、「藪ら柑子のぶら柑子」と言っている方もいるんですね。いい加減なんです（笑）。

ですから、それを皆さんが評価しようと思ったらダメなんだ（笑）。もう身を任せる、委ねるというのが、これが落語を聴くのに必要なんです（爆笑）。何かちょっとつっかかってしまいますと、もうそこから二〇分ずっと楽しめないままにお噺が終わってしまいますから、「まちがえたっていいじゃないか、人間だもの」（笑）と思ってですね、温かい眼差しで見ていただければありがたいです。

初めてこちらに来ていただいた方は、おわかりにならないと思いますけども、わたくしが毎回ここで、果敢にもいろんな噺に挑戦していくという、そういう会でございますから、何度も言いますけれども温かい眼差しで、もうここでしか観られないというね（拍手）。

それがいいんです。もう他で観られる、もうどこに行っても完成形で、一秒の狂いもないなんていう落語なんかつまらないじゃないですか。

ぼくなんか、一つの噺をやってても、最大の誤差が八分とかありますからね（笑）。十二分の噺なのに八分の誤差ってどういうことなんだろうと思う。途中すっかり忘れて抜いて（笑）、そのままエンディングに持っていくという、そういうことがあります。また、それはそれで楽しいんですね。

忘れもしません！　ぼくが前座のときに、五代目、柳家小さん師匠が、人間国宝になられたときに、国立演芸場で、『時そば』を演られました。もう『時そば』というのも『寿

限無』と同じぐらい、一般の方がよくご存じの落語ですから、ああいう話は難しいんですよね。最初のときに、

「ひい、ふう、み、よ、いつ、む、なな、や、おい、そばや、何時でい？」

と言ったら、一人目のときに
「四つです。いつ、む、なな、や」

って払っちゃって（笑）。

わぁー、大変だ。どうなっちゃうんだろうって、楽屋なんか空ですよ（笑）、もうみんな袖に集まって。そうしたらなんとなんにも無かったように、

「まあ、我々同様間抜けなやつが、次の日は少し早く出かけまして……」

そばを、ずるずる、ずるずる食べて。噺はいよいよ、あの場面。

「おい、そば屋、何時でい？」

来た、来た、来た、遂にこの瞬間が来た（笑）。

「みんな、さっき、俺が間違えたのはわかってるだろう、だからこの後は、やらねぇ」

（笑）

で、どうするのかなと思ったら、時々、落語の後に「百面相」という芸を演っていましてね、蛸の茹で上がりとか。ここ（額）のところに手ぬぐいを巻いて、こう、蛸が茹で上

がってくるところを、そういう百面相というね、小さん師匠が得意とするその余興の芸を最後に演じて、もの凄く恥ずかしそうに高座から下りてきて、私たち前座に向かって「間違えちゃったなぁ」って（笑）。反省していましたけども。

でも、あの高座を見てしまったら、普通の高座も楽しいですけども、小さん師匠が間違えたあそこに居られたという、あのほうが宝物になるんですね、……あのぅー、何でこんなに唾を飛ばしながら言っているかというと（拍手）。

今回、二席とももの凄く自信がないもんですから、……（笑）。

わたくし、ようやく免許をとることが出来まして、ありがたいですよね。本当にありがとうございます（拍手）。

六年のブランクがありまして、あるとき、パスポートを取りに行って、「身分を証明するものを出してください」と言われて、それで免許証を出したら、「これではなくて今使っているやつをお願いします」と言われて、「今使っていますよ」と言ったら、もう失効していたんですね。で、それでようやく気が付いて、もうそれからはずっと免許がないままに。

で、まあ、その直後から『笑点』に出させていただいたので、これは神様がぼくから免許証を取り上げたんだと。ねえ、事故なんかしてしまって、あの『笑点』の林家たい平なんて言われてしまったら、折角の『笑点』も下ろされてしまう。きっと神様がそうならないようにと考えてわたしから免許を取り払ってくれたんだと思って、車のない生活をしていたんですけれども。

まあ、どこに行っても身分を証明できるような、皆さんみたいに社員証であるとか、そういうものが、我々一切無いんですね。「身分を証明するものを何か出してください」と言われても、何も無いんですよ。だから、免許証は本当にぼくたちにとって必要なんです。

で、そういうことがいろいろあったので、やっぱり免許を取ろうと思って、まあ、皆さん、あの、ラジオを聴いている方なんかはよく知っていると思いますけども、一発免許といって、鮫洲に通って。鮫洲のそのときの、いろいろあった話も、皆さんにお話ししましたよね。それも、もう全部終わって。

で、最後は、自動車学校とは違うので、鮫洲で本試験が受かると、免許取得時講習というのがありまして丸一日かかるもんですから、わたしはラジオを休んで自動車学校に行ってきました。

その取得時講習という、応急救護とかね、それから高速道路の運転とか。普段、教習所ではやるんですけども一発免許の人はやらないことを、自動車学校に分かれて教えてもらって、最後、それで免許証がもらえるという、そういう取得時講習というのがありまして、それに行ってきたんですけども。

「自動車学校に通おうかな」とも、思った時期があったんですね。それは、何かちょっと素敵な出会いがありそうな気がしたんですよ（笑）、高校生とかも通っていますし、何か訳ありの奥様が通っていたりとか。何かたまたま、あの、学科のときに隣に座った奥様が鉛筆を忘れて、

「一本どうですか？」（笑）

で、ちょうどそれが一一時から一二時までの授業で、終わったときに、

「お食事でもいかがですか？」（爆笑）

なんていうのがあるのかなぁと思ったんです。すみません！

まあ、実際、その取得時講習のときに、普通の自動車学校に行きましたら、まあ、凄い人たちが多いですよね。で、鮫洲で免許を取ってきた人だけじゃなく、違うところから来た素敵な女性と隣に座ったりしてなんて、楽しみにしてたんですよ。高速教習とかありますからね、一緒に車に乗ったりしますから、これは楽しい夢のような世界が広がるんじゃないかなと思っていましたら、えー、一人が六十歳絡みのおじさん（笑）。もう一人は、明らかに暴走行為を繰り返しそうなお兄さん（爆笑）と、ぼくの三人でした。

で、凄いんですよ。その六十歳ぐらいのおじさんも、やっぱり免許を失効してしまったらしくて。教習車に乗って、ビデオを回しながら教官が助手席に乗って、三人が途中交代しながら運転したそのビデオの映像を見ながら、ディスカッションするというのも一つの授業で、

「ここのときの危険予測はどういう風に出来ただろう」

とか、

「もっと違うことで危険の予測が出来たんじゃないでしょうか」

とか、人の運転を見ながら、そのディスカッションをするという、そういう授業なんですね。

路上教習中、ぼくは真面目なもんですから、生真面目な運転しか出来ないんです。で、その六十歳ぐらいのおじさんは、教官が乗っているのにもかかわらず、学科とかね、試験の時には、横断歩道はちょっとでも横断しそうな人がいたら、必ず停車、止まらなければいけないんです。なのに、この六十歳のおじさん。教官が乗ってビデオを撮っているのに、お婆ちゃんが横断しそうになったら、プップー（爆笑）。こういう人に免許をやっていいいんだろうか。

で、教官が、

「今のは止まった方がいいんじゃないか？」

って言うと、

とかって言って、そしたら教官も黙るようになっちゃって（笑）。その人、そのあと一五分ぐらい運転していたんですけど、教官もぼくたちもずっと黙って（笑）、もの凄く怖い運転の後ろに乗って全員無言（爆笑）。

「逆に危ねぇだろう、ババァ！」（笑）

で、いざ、教室に戻ってきて、そのビデオを再生して、

「それぞれ皆さんね、えー、これは間違っている、これは正しいということは無いですよ、今後、これが正しいとか、こうしなければいけないということは無いですけども、まあ、それぞれの運転を見ながらこういうことに気が付いたとか、こういう風にしたらいいんじゃないかとかいう、自分の意見を皆さんそれぞれ、ここはディスカッションという授業ですから、言ってもらいましょう」

で、最初の運転の人が六十歳のクラクションの男ですから、ビデオがずっと流れて、その教官が途中で、さっきのクラクションを鳴らした横断歩道のところで止めて、

「えー、ここではどんなことが予測されるか、そしてどういう行動を取ったらいいか、えー、皆さんディスカッションをしてもらいます」

本来だったら教官が何か言えばいいのにね、常にぼくの顔を見ているわけですよ（笑）。「田鹿《たじか》（たい平・本名）さんはこのときに、どのような行動を取って、危険予測をしますか？」

「えー、そうですね、横断歩道が近いところに、お婆ちゃんが見えましたので、これは横断をするのではないか？　という予測をしながら直ぐに止まれる状態、更に横断歩道に近づいてきたときには、必ず一旦停止をして、横断をしなくても、するかしないかを確かめて、しなければそのまま発信、するときにはそこで止まって、横断をさせてから発進をするようにします」

ぼくはそうしますと言ったら、クラクションの男が、

「お前、何を言ってるんだ、お前、きれいごとを言っているんじゃねぇよ！」（爆笑）

あんまり強い口調に教官も腰が引けて、

「いや、きれいごとじゃなく、あ、あ、そう、そうですよね、田鹿さんのそういう意見もありますけれども」

って、このまた教官が怖いので向こうへなびいて行くんですよ（笑）。

「サトウ（仮名）さんはどうですか？」

って、暴走行為を繰り返しそうなやつが、

「おれもこっちのおじさんと同じです」（笑）

また違う信号がある交差点で、ブゥーって曲がって、またでっかい横断歩道があって、そこで曲がっているところで、また、そのビデオを止めて。で、また、

「ここでの皆さんの行動をお聞きしたいんですが、田鹿さんはこのときにどのような？」

なんで毎回おれなんですか、一番は（笑）。

「えーと、右折のときには、まずは後ろから来る歩行者に気を付け、そして前から来る歩行者のみならず、自転車というのは意外と視界に入っていない、パッと来る場合もあります。また対向車が、右折をするというので安心してこちらも右折をすると、オートバイとかが、隙間から直進をしてくる。それを巻き込んでしまう可能性もありますので、十分に注意をして、右折、さらに後方確認、巻き込み確認をして、わたしは曲がります」

するとクラクションの男が、

「見えてただろう？　おめえよ、オートバイなんか来てねえじゃねぇかよ！」（爆笑）

すると教官が、

「そうですよね、見えてました！　そういうときには、そんなに慎重にならなくていいですよね」（爆笑・拍手）

って、もの凄く変なディスカッションなんですよ（笑）。ぼくは絶対正しいと思うんで

すけども、まあ、三対一で押し切られてしまって。

でもね、最後にその教官は偉かったですね。ずっと押し切られてしまって、土俵際だったんですよ（笑）、教官だってその怖いおじさんにね。最後は命がけで、頑張りましたよ。

「今日、この授業で、何が勉強になったかというと、いろんなことを考えて運転している人がいるということです。自分と同じように考えている人は、ほとんどいないということです（笑）。注意して運転してください！」

と、捨てゼリフのように言って教室を出て行きまして……、涙ぐんでいたと思います（爆笑）。

お昼休みになって、またその六十歳ぐらいのおじさんが友達がいないタイプですから、さっきまでは、もの凄くぼくのことを責めていたのに、一緒に食事に行く相手に、またぼくを誘う（笑）。

「どうするの、この後？」

とか言って、

「あっ、わたし、お昼を食べに行こうと思います」

「あ、そう、ふぅーん、蕎麦がいいね」（笑）

「いや。ぼくはマクドナルドに」（笑）

「あ、マクドナルドあるんだ」

「あ、やっぱり蕎麦にしようかな」(爆笑)

とか言いながらも、ずっと付いてくるんですよ。結局マックに一緒に入って、もう席だけ別々にしましたけど。もう本当にいろんな人が運転しているということが、よくわかりました。

凄い経験でしたね。こうやって取ったおかげで、もの凄く免許証を大切にするようになりました。最初、自動車学校で取った時は、まあ、若いということもあって、「ああ、こんなの、あたり前に取れるもんだ」と思ったんですけども、この一発免許で大切さがわかりました。

まあ、鮫洲ではお巡りさんを隣に乗せて、運転するなんという。お巡りさんの後ろに乗る場合はこれからありえますよ(笑)、可能性としてはね。でも、お巡りさんを助手席に乗せるというのは、まあ、滅多に無い経験でしたんで、そんな貴重な経験ができて、よかったなあと思いました。

ゆっくりな旅は、楽しい

二〇〇九年二月一日　横浜にぎわい座「天下たい平」Vol. 31
演目当てクイズ【第4問 難易度C】のまくら

仕事でいろんなところに行きまして、つい先日、山梨の都留《つる》市というところに行ってまいりまして、わたくしのライバルの大月のお隣でございます（笑）。大月には呼ばれたことが、一度も無いですね（笑）。まあ、たぶん生涯呼ばれないと思うんですけど。都留市は僕を呼んでくださいまして、あの都留市というところは皆さんご存じでしょうか。

日本で最先端を走っているものが、走っているんですねぇ。リニアモーターカーというのが、あのあたりをずっと試験的に走っているんでございますが、もの凄く速いんだそうです。車でちょうど駅から案内していただいて、「ここをリニアモーターカーがビューンと走るんですよ」という風に。「あ、そうなんだ、見てみたいなあ」なんて言ってたら、たまたま歩いていた地元のおばさんに「見たことありますか？」て聞いたら、

「速過ぎて見えねえんだよ」（爆笑）

って。それは見てないだけなんじゃないかなあ（笑）？

でも、「速過ぎて見えないぐらいに速いんだよ」て力説されると、そうか、自分には今走ってないように見えたけど、おばあちゃんの言うとおり走っていたんだろうなぁって（笑）、そういうおばあちゃんの子供にかえったような気持ちで、もの凄く自慢そうに、「速過ぎて見えねえんだよ」と教えてくれること。なんだか素敵だなあと思うんですね。

今は、第二新幹線なんていいましてね、長野の方から回って、岐阜の方を通って新大阪に行く、こういう計画もあるようでございますが、もうこれ以上速くならなくていいですね。新大阪までだいたい三時間ぐらいでしょうかね。名古屋なんて一時間半ですよ。弁当を食べて居眠りをしていると、あっという間に京都になっちゃうんですね。ですから、、旅の風情というのであれば、もう少しゆっくり、特急列車ぐらいが、人間の移動速度の中で最高に早い速度ではないかなあと思うんですよ。

よく三島駅なんかで「こだま」に乗って通過待ちをしているときに、もの凄いスピードでバアッーと、飛ばしていく「のぞみ」なんかを見てまして、もう信じられない速さですよね。あの速度の中で、よく弁当が食えるなあと思う（笑）。いや、食べている人は気がつかないけど、爽健美茶とかよく飲めるなと思います（笑）。飲んだ時点で、バアッーと横に流れていくんじゃないかなと、思うぐらいの勢いでしょう（爆笑）。

だって皆さんね、百メートル走ぐらいに走って、弁当が食べられますか（爆笑）？　三〇〇キロぐらいで走りながら食べているんですからね。まあ、そういうことを考えても、もうあれは速すぎるんですね。

だから、「タイムマシンが出来たらいいな」なんていっていますけど、もう確実に新幹線はタイムマシンなんですよ。昔の人間だったら、一生かかって移動するようなものが、あっという間に移動出来るわけですからね、もうタイムマシンなんですね。だから、うーん、あれを果たして便利というのか。

この間、江戸東京博物館に『篤姫の乗物』という特別展がありまして、見に行ってきたんですけども、それはそれは素晴らしかったですね。もう、無駄の塊というか、無駄の極致ですよね。だって、一人の人間が移動するのに四人も五人も六人もそれを担いで、「おまえおりて、少し歩けよ」（笑）って、近いところなんかだったら、

「少し歩いたらどうだ？」（笑）

とか、

「少し痩せた方がいいぞ」（笑）

とかね。

「十二単《じゅうにひとえ》みたいなあんな重いものを着ないで、裸でいいんじゃないか?」(爆笑)とか何か、そういう思いで担いでいたわけですよね。

もう本当にその当時の移動手段としたら、それこそ早く着かれないんだったら、輿《こし》であったり、その、駕籠《かご》なのかも知れませんけれども、いや、無駄なんですね、無駄。歩けば本当はいいんでしょうけども、やっぱりお偉い方ですから歩かせるわけにもいかない。

普通の辻駕籠みたいなあの軽さならいいですよ。竹で組んで、そこにゴザみたいなのが掛けられている、もの凄く軽いんだったらいいんですけども、もうそれだけで総重量三〇〇キロぐらいの駕籠なわけですよね。その中にまた人が乗って、それをまたみんなで担ぐという、最も合理的ではない移動手段ですよ。

でもね、もの凄く素敵だったのはね、そういう無駄というのがとっても文化を爛熟させるんですね。もう素晴らしい蒔絵が施されましてね、で、狭いんですよ。こんな狭いんですけども、その中には宇宙が表現されていたり、お花が咲き乱れていたり、まあ、苦しい中、窮屈な中でそういうものを見ていただこうと、その時代の絵師であったり、指物師であったり、漆を塗る職人であったりという、そういう粋の技が、全部その乗り物に凝縮されている。たかだか移動手段の中に込められているというね、いや、凄いなと思いましてね。

とは言ったって、じゃあ、今日横浜から帰るのに、駕籠で帰ったら大変なことになりますしね（笑）。でも、たまには、そういうことがあってもいいかなあと思います。えー、どんどんどんどん寝台列車も、無くなってしまって、早く目的地に着いて、そこでゆっくりしたいということなんでしょうが、目的地に着くまでもまた楽しいのが、旅であると思うんですけどねえ。

まあ、そうやって、立派な方を乗せた駕籠を担ぐ皆さんは、まあ、それなりの皆さんでございますけれども、辻《つじ》駕籠と申しましてね、その当時はだいぶ嫌われたようでございますね。すべての人がそうではなかったんでしょうが、手荒い人もたくさんいたようで。もう無理やり若い女性を乗せて、「嫌だ、嫌だ」と言っているんですけども、もう断ったらその場で殺されてしまうような勢いで脅され駕籠に乗せられて。

で、「どこそこまで行ってください」とたのんでも、目的地とはまったく違う山道に入っていって、山道でバッと御簾《みす》を開けると男たちに囲まれて、まあ、悪戯をされてしまって、宿場《しゅくば》女郎《じょろう》に売られるなんていうことがあったようでございます。雲駕籠《くもかご》なんていうことを申しまして、雲助《くもすけ》なんて呼んで、まあ、そういう風に嫌がられていた時代の、そんな旅のお話でございまして。

花見の風情を考える

二〇〇九年四月一〇日　横浜にぎわい座「天下たい平」Vol.32
演目当てクイズ【第5問 難易度A】のまくら

ありがたいことですね。今、林家一門が脚光を浴びておりましてね、嬉しいことですよ。林家三平、二代、平成の三平が誕生いたしました。ぼくの弟弟子なんですね。「いっ平」といっておりました。いっ平君は本名が泰助《たいすけ》と申しましてね、ぼくは中学三年のときに初めて今の三平君。あ、三平君って、なかなかまだ言いづらいんですけれどもね、「泰ちゃん」とぼくは呼んでいるんです。本名でね。

泰ちゃんと初めて会った時、凄く目の輝きの強い若い人でいいなと思いました。芸能界に入って俳優になるのか、落語家になるのか、まだ悩んでおりましてね、そんなときから知っておりますけど、今は三平でございますよ。えぇ。

泰助の「泰」は、大師匠、三平の本名の中に入っておりましてね、それで、安泰の

「泰」で助けると書いて泰助なんです。ぼくの芸名がたい平でしょう。で、年格好が何となくこう、また顔立ちも少し似ているんですね。ですからね、いろんな間違いがありました。

ぼくがあるとき寄席に出ておりましたら、若い人が来て、

「おお、久しぶりだなぁ」

と言ってくるんですよね。で、

「え、久しぶりですか？」

と言ったら、

「久しぶりじゃないか、高校以来だよなぁ」

って、まったく知らない人。どうやら泰助君とぼくとを間違えていたみたいなんです。

文珍師匠に至りましては、地方に行ったときに、凄くわたしを大切にしてくださるんですよ（笑）。何をしてても一番先に、「ああ、たい平君しなさい」とか言って、どこに行くのでも「たい平君、たい平君」って凄くやさしくしてくれて。

で、三日目の楽屋で、

「いや、本当に俺は、お父さんにお世話になったんや」（笑）

と言われたんですね。

「あ、そうですか、うちの父親は秩父で仕立屋をやっているんです」（爆笑）

「え、そんな嘘やろう、あんた、三平師匠の息子やろう？」

と言われて、

「いや、あの、田鹿喜作の息子なんですけど」

というと、もうそれから扱いがころっと変わりました（笑）。全部荷物を持たされて、あとの三日間は天国から地獄でした（笑）。


ですから、このね、「たい」というのが付いているだけで、泰助君の本名の「泰」から取っているんじゃないかと思うお客さんが多いんですね。で、兄弟子のこぶ平師匠は、もう正蔵《しょうぞう》でございますよ、ねえ。弟弟子のいっ平君はもう三平。正蔵、三平。で、今の三《み》木男《きお》君がもう少ししたら、今度は三木助《みきすけ》になるんでしょう、ねえ。凄い看板がずらっと並びますよ。

そこで、この平仮名でね、たい平。あのぅー、やはりね、漢字二文字というのはね、何ていうんですか、どっしりとしていて据わりがいいんですよね。名前を見ただけで、ちゃんとした落語が聴けるなという感じがするんです、名前だけ見ただけでね。一方、平仮名が入っているとね、こん平、たい平、「落語出来ないんじゃないのか？」（笑）と思われてしまうわけですよね。

本当にお花見が、今年は良かったですね。つぼみが膨らみ始めて「もう咲くかなぁ？」というときに、花冷えというのは必ずやって来ますね。今年はまた花冷えが、かなり厳しい花冷えで長かったですよ、ですから、つぼみが膨らんだところから、ずっと我慢をしていたんでしょう。そしてパッと開いて、開くとだいたい翌日ぐらいに雨が毎年降るんですけれども、そういうこともなく、花が開いてからは、長い間本当に楽しめましたね。

去年あたりは、卒業式に花が満開という所が多かったんですが、今年は入学式に花が満開でございます。何だか可愛いですね。子供たちのあの黄色い、一年生のこの帽子のところにね、今日なんか見ておりますと、花吹雪の花びらが二～三枚ついておりましてね、あぁ、入学したピカピカの一年生だなあというのを、余計そういうところで感じたりなんかいたします。

でもね、最近ちょっと悲しい。

今日なんかも新聞に出ておりましたけども、お花見の宴会というのが、どんどんどんどん変わってきてるらしいですね。知っていますか、皆さん、あのピザ屋の配達とかが、公園に来るんですよ。凄いことですよね。

普通だったらお家に、ピザの配達というのはするんですけども、ピザ屋の人たちがどんどんチラシを、お花見の会場で配っていまして、で、覚えているんでしょうね。二本目の桜の下とか、ゲロの横とか（笑）、何かそういうので覚えているんでしょう。あとは携帯電話がありますからね、

「ああ、こっちこっち！」（笑）

なんて言って呼ぶんでございましょう。まあ、何だかこれはいいのか悪いのか、よくわからない状況ですね。

もう今は、いっぱいチラシが入ってくる。それこそ、お寿司屋さんだとか、中華の大きなオードブルだとか、そんなものを公園に運んでくれる、出前をしてくれるようになっておりましてね、それ、はたしていいんですかね。

ぼくなんかね、一番嫌いなのは、あのブルーシートの上で宴会している人たち。あれね、確かに安いですよ。それで、みんな終わったらそのまま捨てて、帰ってしまったりするんでしょう。何故、お花見というのは毛氈《もうせん》だったか。ぼくたち芸人もよくこの毛氈を敷いていただいて、その上で落語を演ることが多いんです。これも理由があるんですね。例えば青い布の上で落語を演ったらね、これ、楽しくないんですよ。

このブルーという光が跳ね返ってきてね、どんなに楽しいお噺をしていても青白い顔に見えてしまいまして、

「具合が悪いんじゃないか?」

「糖尿病なんじゃないだろうか?」(笑)

とか、みんなが心配してしまうんですね。見てください、ブルーシートでやっている人たちは、みんな何となく悪酔いして、今にも戻しそうな顔をして宴会をしていますよ(笑)。ブルーシートの上でお花見をしている会社は、みんなが元気がない、傾きそうな会社に見えるんです。

だからね、毛氈というのはとっても効果的なんですね。太陽の光を浴びたり、また提灯が赤いというのも、ほんのりと赤みを差して人を照らしてくれるから、そこでふっと盛り上がれるんです。人間というのはこの赤いものにね、ぐっと盛り上がれる性質を持っているんです。ですから、毛氈というものが大切なんですね。こう照り返してきた赤みが、顔に当たる。下から顔に赤みがあたりますから、お酒を飲んでなくても楽しそうに見える、お酒を飲んだ人は、更に赤みを帯びて楽しく見えるんです。ですからやっぱりね、赤いものを敷く方がいいんですね。

とは言うものの、毛氈だって今は高価ですよ。フェルトのあんなのを買ったらね、何万円もしますよ。そこに、お酒をこぼしたりしたら大変でしょう。だから、ぼくは今ね、考えているのは赤いビニールシートね(笑)。もう二〇畳ぐらいあるようなあの赤いビニールシートを売れば、そのお花見の期間だけは、ぼくは売れるんじゃないかなあと、思っているんです。思って一〇年、いろんな人に話すんですけども、「ハッハッハ」と笑ったまんま、一切誰も取り上げてくれない（笑）。

あっ！　誰も取り上げてくれないで思い出しましたけども（笑）、この間わたくしの故《ふる》郷《さと》。秩父市長に会いましてね、「故郷活性化のために意見を聞きたい」と言っていただいて、嬉しいですね、市長室に通されて。

「たい平君は、いろいろと『笑点』で秩父、秩父と言ってくれているんでね、秩父の活性化の為に、君の意見を聞きたいんだ」

と言われて、

「そうですか、嬉しいですね、じゃあ、どうでしょうか、今、あの『大月』と闘っているので、あの『大月』と姉妹都市を結ぶっていうのはどうですか？」

と言ったら、

「あっはっはっ」

て笑いながら便所に行ってしまったんです（爆笑）。どういうことなのか、よくわからないんですね。ですから今後、大月と姉妹都市を結ぶ、どういう風になるのか、皆さんも楽しみにしていただければと思っているんですね。

お花見はさっき言った通り、温かいものなんか食べなくていいと思うんですよね。お花見もキャンプも全部ごっちゃになっちゃってるんですよ。あそこで炭おこしてね、バーベキューをしてお花見ですか、煙たいだけですよ、可哀想ですよ、お花たちがね。

それなのに温かいものを食べようと思っているわけでしょう。ガスボンベぐらいで、鍋ぐらいだったらまだわかりますけれども、もの凄い勢いでみんなお家から運んできちゃってね、椅子まで運んできちゃって。あれは地べたに座って眺めるから、お花見だと思うんですね。チェアーに座って、バーベキューを焼いて、もくもくしてしていたり、温かいピザなんか食べなくていいんですよ。

支度するのが、まずは楽しいわけでね。この三段のお重、特に凄いものが入っているわけじゃないですけれども、それを支度するお母さんの気持ち、「みんな喜んでくれるかしら」なんてね。学生同士のお花見だって昔そうだったですよ。貧乏な学生なんか、みんなそれぞれが一品ずつタッパーウェアに作って持ってきて、みんなが楽しみながら、

「ああ、お前は料理が上手いなぁ」

とか言いながら、

「こいつとは結婚したら幸せになれそうだ」（笑）

とか、そんなことが楽しめたんですよね。

そういう楽しみも無くなっているわけですよ。あのお重なんか作っているときは、楽しいと思いますよ、いろいろと盛りつけたりして、一つずつ取っていくから、また楽しみがあるんですね。

あれはもう何ですかね、書道と同じですよ。この間、インターネット書道塾というのを見つけたんです。これはどうかなと思いました。インターネットで書道をして、字が上手になるのが書道なのか？　って、ぼくは思ったんです。書道というのはね、茶道もそうですけれども、もうすべて始まりから意味があるわけですよね。字を上手に書く為だけが書道ではないんですよね。書道の先生のところに行って、「よろしくお願いします」と言って、墨汁じゃありませんよ、こう墨を当たるところからですよ、ね。

この間の『抜《ぬ》け雀《すずめ》』を聴いていただいた方はおわかりだと思いますけども、墨を当たることによって、まずは心を落ち着かせることができる。この時間というのがとっても大切で、そしてまた墨にはアロマテラピー効果がありますから、いい香りがしてくるんです。とても高級な墨には、いい香りが練り込んでありますから、その香りまで心を静めさせてくれる、落ち着かせてくれる。この落ち着いた無の気持ちになったところで、初めて筆を握って書き始めるから書道なんですよね。

それが、インターネット書道塾ってね、別にインターネットに向かって書道をしても、どうなんだろう？　って思うんです。だから、花見もそうだと思うんですね。花見の準備があって、毛氈を敷いて、その上で少しずつ酔っ払うからまた楽しいんです、お花に迷惑かけないようにね。

何であんなに一生懸命咲いてくれるんですか、まったく意味がわからないでしょう？　桜というのは。だって、例えばチューリップとかは咲くと、それを目がけてハチとかが飛んで来るわけですよ、チョウチョウとかが飛んで来るわけですよね。あれ、まあ、受粉してくれるんでしょう。だから、チューリップとかの普通のお花は咲くんでしょう。だいたい桜が咲いて、集まってくるのは人間だけですよ。何かいいことがあるんですか、桜にとって。酔っぱらいとかが用を足したりして、それが、肥やしになるんですか（笑）。先ほどから何度も言いますけども、悪酔いで戻したやつが肥やし（笑）。

そういうことを、桜はわかっていて咲くんでしょうか？　もうただただ周りの土も踏み固められてしまって、桜にはあまりいいことないと思う。受粉なんかをしてくれるおじさん、時々いますよ、酔っ払ってね。花の中に鼻を突っ込んで匂いを嗅いで、また隣の花のところに。それはもう極まれですよ、何万分の一の受粉ですよ（笑）。あとは殆どいいこと無いんです。殆どいいこと無いのに、桜は咲いてくれるんです。その桜にとってぼくたちが出来るというのは、静かに楽しくやって、「ああ、人間って楽しそうだな」と思わせるのが、ぼくたちの仕事だと思うんですけれども。
それが、もくもくもくもくしていましてね、どんちゃん騒ぎで、もう発電機とかを持ってきて、ブルンブルンブルン。
「だったらお前は綿菓子屋をやれよ!」(笑)
「あそこの綿菓子屋よりお前のがうるさいじゃないか!」(笑)
何かそんな人たちまで出てきちゃうわけですから。カラオケじゃなくていいです、せめて三味線ぐらいでいいじゃないですか? 周りに迷惑掛けない。もう今は平気で、
「お前はどこれだけ遠くの人に聴かせるんだ?」(笑)
っていうぐらいに、カラオケを持ってきて歌を歌ったりなんかしてね。あれでは、桜は人間には憧れないですね。「桜でよかった」と思っているでしょうね。
何かね、もっともっと楽しいお花見をという、その楽しみ方というのが、すべて一方向に向かっちゃっているところがいけないと思うんですね。キャンプはキャンプの楽しみ、花見は花見の楽しみ、このすべての楽しみは別次元の楽しみというのがあればいいんで、冷たいものを食べられるということが幸せということを……何でこんなに声が裏返っているんですか(笑)。
まあ、何が語りたいかというと、そういうことなんですよ。何かやっぱり違うなあとい

うことなんですね。あのー、他愛の無いことを、ずーっと話しているのがわたくしのこの会なんでお許しを（笑）、まあ、これをお楽しみいただければなあと思っておるんでございます。

竹輪とダイエット

二〇〇九年六月七日　横浜にぎわい座「天下たい平」Vol. 33
『親子酒』のまくら

わたしは楽天のファンなんですね。うちのかみさんが仙台ですから、もともとわたしは、ライオンズの大ファンだったんですけどもね。この間もベイスターズ対楽天の交流戦を見に行ったんですけども。楽天イーグルスが出来て、初めての試合が宮城の、フルスタ宮城というね、フルキャスト宮城スタジアムというところで行われたんですね。ロッテがいなくなっちゃって以来、久しぶりにプロ野球の公式戦が行われた、その初日に行ったんですよ。その日も落語会がありまして、先輩が後から出るので、

「あの、すみません、ちょっと野球の試合が観たいのでお先に失礼します」

と言って帰ろうとしたら、主催者の方が、

「だったらこれ電車の中で食べてください」

と言って、三〇センチ四方で、厚さは五センチぐらいの箱を渡してくれたんですね。

「ああ、楽屋で食べてもらおうと思っていたお弁当なんだろうな」と。だったらいいや、このお弁当を持ってフルスタ宮城に行って、野球を観ながら食ぁべよっと思ったんです。

で、初日なんですね。みんなが久しぶりにプロ野球を楽しもうという気持ちなんですね。球場アルバイトの皆さんも、たくさんいます。そういう人たちも初日なの。フルスタ宮城で、タンクを背負った生ビールのお姉さんを呼んで、

「お姉さん、ビールをください」

と言ったら、

「はい」

ジャーとついでくれて。で、「ありがとう」と言って持ったんですけど、もの凄い軽い感じがしたんですよ(笑)、おかしいなと思って。飲み始めたんですけども、全然、液体が口の中に入っていかないんですよ(笑)。四五度ぐらい倒しているのに、まったく入って来ないんですね。で、最後まで倒したら、ようやくチョロチョロチョロッと入ってきた。初めてなので、生ビールを実戦で入れたことが無い。まあ、練習はしたんでしょうけど、お客に入れた第一号だったので、もう全部が泡だったんですね。で、泡のボタンを、

ずっと押し続けてたらしいんですよ。

「全然入ってないよ」

と言ったら、

「あらぁ、すんまぁせん、もう少し頑張りますからぁ」（笑）

って言いながら、微妙な訛りの女子大生で可愛らしくて、で、ぼくの隣が空いていたので、そこにずっと座りながらジャンジャンお酌してくれる（笑）。「変な野球観戦だな」と思いながら、なくなる度にその人がジャーと、「すみまぁせん」ってついでくれるんです。

「もう大丈夫だよ。もうだいたい満タンの分だけ、いただいたから大丈夫ですよ」

「あ、すみまぁせん、また、あたしで買ってぇください」

なんて言われて、もうその人が来るたびにね、もう練習だと思って一生懸命頼んであげたの。ビールばっか。

「あ、そうだ。さっき、楽屋でお弁当をもらったから、食べながら野球観戦をしよう」と思ってね。で、包装紙をビリビリ破いて、箱をぱかっと開いて中を見てビックリ！　凄いですよ、三〇個、笹かまぼこが、ザアッと並んでいる（爆笑）。隣のおじさんが、

「うおー、あんたぁ、そんなに笹かまが好きかい？」（笑）

と訳のわからない。別に好きなわけじゃなくて、わたしも弁当だと思って開けたら全

部、笹かま。もう、だからご近所みんなに、ジャンジャン笹かまを配った。ぼくの周りだけ、みんな笹かまを食いながら応援（笑）。

もう横浜スタジアムの竹輪みたいなもんですよ。あれ、一晩で何万本の竹輪が食べられているんですかね。もう全部、あのマルハが仕切っていますからね。何を飲んでも、つまみが全部竹輪。だから一試合五万本ぐらいの竹輪が食べられている。世界で一番竹輪の消費量が多いのが、横浜スタジアム（笑）。えぇー、凄いですよね。

ベイスターズの試合も先日行ってきました。その時も竹輪、食べたかったんですけども、我慢しました。といいますのも最近、ダイエットというか、節制をしようと心掛けたんですね。ゴールデンウイークのあとから、わたくし節制しまして、毎回来ていただいている方は、何となく気が付きましたか？「何かスッキリしたかしら」って思ったんじゃないですか（拍手）？

ありがとうございます。五キロ痩せまして、ありがたいことに。今日で一カ月、五キロ痩せました。

何も食べないというのは、健康によくないので、程々に食べて、今日も朝は、自分で作りました。毎日、かみさんが作ってくれないわけではないですけども、切りワカメ、千切りにしたワカメに納豆をかけて、それからメカブを一パック開けて、オクラを自分で刻んで、それを毎朝食べているんですね。

で、お昼は『のってけラジオ』というラジオ番組の前に、だいたいおにぎりを。それも昆布とかね。昔は、イクラとかが入っているやつを積極的にとってたんですけども、最近は何か昆布とか、そういうものが入っているのを一つだけ食べて、夜になると早めに、今はお蕎麦ですね。えー、お蕎麦が凄く美味しい。まあ、これを軽く、あ、夕方五時ぐらにさっと食べて、で、もう後は食べない。

で、毎日、青汁も飲むようにしまして、急に健康に変わってきているんです。で、あの青汁も、粉の青汁じゃなくてですよ、あのね、搾りたてのアシタバの青汁というのが、メーカーは言えませんけどもね。それがコチコチに固まって、一回に三〇袋届いて、で、それを毎日解凍して、もの凄く美味しくないので、クアッと飲んで、こっち側にトマトジュースを用意しといて、ガアッとこれを一緒に飲んで。で、五キロ痩せました。

もう今は凄く一生懸命、歩くのがまた楽しくなって。えー、六本木で仕事が終わって、そこから東中野まで一時間四〇分ぐらいかけて歩きます。有楽町から、ずーっと皇居沿いを通って、神楽坂を通って、元志《し》ん朝《ちょう》師匠のお家の前を通って、志ん朝師匠が買い物をしていた魚屋さんで干物を買って、早稲田通りへ下りて、早稲田通りから高田馬場を通って東中野まで、これもだいたい一時間五〇分ぐらい歩いているんですね。

で、「一番の最近は楽しみは?」って、よく言われるんです。この間ね、木久蔵《きくぞう》君がね、一緒に打ち上げをしたときに、

「兄さん、あれですかぁ?」

とこんな感じなんです。口が閉まらないんですよ(笑)、喋りながら。

「兄さん、あれですかぁ、兄さん、あのぅー、美味しいものとか、酒とか飲まないで、それがストレスにならないですかぁ?」

って訊いてくる。

「そのぐらいしか楽しみないでしょう?」

――と。

「いや、おれ、落語やっていることが、一番の楽しみなんだけど」

と言ったら、口を開けてた(笑)。

「お前、落語演ってて、楽しいと思ったことないの?」

て聞いたら、

「あんまりないですぅ」(爆笑)

と言うわけ。

お酒を飲んだり、美味しいものを食べるという楽しみも知ってますけれども、それより

今の楽しみというのは、毎日家に帰って、ヘルスメーターに乗ることが凄く楽しみなんです。目標が出来たってことだと思うんですよ。ぼくが買ったのは「タニタ」というハカリのメーカーの、こういう風にバーを持って、持ち上げて測るやつなの。

今まではね、不摂生しているときにはね、「何が測れるんだ？　裸足で、こんな足の裏と、手でぎゅっと握っただけで、おれの血液はわかるのか？」（笑）と思っていたんですよ、ねぇ。なんですけども、毎日それで測っていると、本当に頑張っただけ、数字でどんどん表れてくるんです。数値がね、ＢＭＩ値なんかも、ジャンジャン減って、歩いてると筋肉率なんかもジャンジャン増えてきて。

最初始めたときには、この間の五月の九日の時点では、ぼく、体年齢って体の年齢が四十八歳だった、ぼく、実際四十四歳なんですけど（笑）。昨日測ったら四十三歳まで、ついに一歳若返えりました（爆笑・拍手）。

骨董と狭い部屋の方程式

二〇〇九年六月七日　横浜にぎわい座「天下たい平」Vol. 33
演目当てクイズ【第6問 難易度A】のまくら

最近は、

「エコポイントで、いろんなものを買い替えよう」

であるとか、または地デジも、もう間もなく始まる、あと二年後ぐらいなんですかね、正式には。そうすると、

「今使っているテレビも観られなくなります」

などとお知らせがあったり。または、エコカーなんていうのが、今は売れに売れておりますね。ハイブリッドカー、買い替えるのに助成が出たりして。うーん、どうなのかなあと思いますね。

「CO_2が出ないような冷蔵庫に買い替えましょう」

——と、まだまだ使える冷蔵庫だったり、または、逆に使い慣れて愛着のある洗濯機で、「これだと洗濯が楽しいのよ」というのも、エコポイントが付いてどんどん買い替え。古いものはどうなっているのか？　まったくその行き先も知らないまま、業者に預ければ、そのままゴミになってしまうんでしょう？　それがまた地球を汚しかねないのに、何だかわからない中で、エコポイントなんていうのが進んでおりましてね、不思議なもんだなあと思います。

最近の家庭電化製品というのが、何に向かってお金を払っているのかというのが、見えてこないものというのが多いですね。マイナスイオン放出だとか、何か除菌だとか、何か見えないんですよね。昔は何かこう、炬燵だったら赤くなっているから熱いんだなとか、何か見えたんですけども、銀イオンだとかね、抗菌、もう訳がわからないでしょう？

「こちらの製品の方は、抗菌機能が付いておりますから、こちらが高いんです」

とか、

「マイナスイオンが、発生するのでこちらが高いんです」

と言われても、果たして本当に日常生活の中で、どのぐらい頑張って働いているのかがわからないわけですよ。

特に蚊取り線香なんかは煙が出てて、そこで蚊が落ちていけば、頑張っているんだなというのが実感出来るんですけども、なかなか実感できないものばかりに、お金を払っていますでしょう。ねえ。

家にもあるんですよ。ちょっと高い空気清浄機。まあ、それこそインフルエンザなんかで、もの凄く売れたみたいですけども。で、常時オートにしておくんですよ。働いているのか？　働いていないのか？　わかんないんですよね。オートって漠然とした感じがしますでしょう？「何時でも対応するよ」みたいな、何か生意気な感じがあるんです。

で、これ、どうなのかなと、もう一年三六五日、コンセントにつながって、電気がそこに流れているわけですよね。何だろうな、この空気きれいになっているとか実感もわかないし、もう、さっぱりわからない――と思っていたある日のこと、わたしの弟弟子の林家すい平《へい》君というのがおりまして、このすい平君はお風呂が嫌いなんですね（笑）。ある時、仕事を頼みまして、

「会場で待ち合わせでいいよ」

と言ったのに、

「師匠の家に行きます」

と、ぼくの家に来たんです。で、

「おはようございまぁーす」

と言って、家のドアがガッチャンと開いた途端に、この生意気なオート野郎がボオォー（爆笑）、ターボという電気がついてもの凄く頑張って吸い込んでるので、、

「あ、働いてたんだ！」

気が付くんですよね（笑）。

それからは、この空気清浄機に凄く愛着を持って、「メチャ辛かっただろうなあ」と、すい平君がうちにいる二時間の間、ずっとボオォー（爆笑）、すい平の香りををずっとボオォーッて吸って、この辺からバアって出していたわけですから。すい平が帰った後も、ずっとすい平の甘い香りが、空気清浄機の脳裏にしっかり焼きついたりして。「偉かったなぁ」と思ってもうこれは手放せないですね。新しいのに替えようとも思いませんよ。

何かそういう愛着のあるものが、どんどんどん少なくなってきましたね。ただのゴミとして処分されてしまう。昔のものたちは、よかったですよねぇ。ぼく、三平の家へ住み込みだったときに、弟子の部屋というのがね、二畳ぐらいの部屋があって、そこに箪笥が、洋箪笥と和箪笥が、昔は一緒になっているようなのがあるでしょう。上の方は観音開きで、普通に和箪笥みたいになっていて、下の方が引き出しになっているような。

それは大師匠《おお》・三平のお母さんの歌《うた》おばあちゃんが、近所の根岸の商店街の福引で、一等賞で当時当たったという洋箪笥なんですね。それが置いてあって、前座修行中の者が使

わせてもらっていたんですよ。

元々は三平の部屋にあって後に、歌おばあちゃんの部屋で使っていたのが、払い下げになって、弟子の部屋にそれが置いてあったんですけども、何かもの凄く愛着があるし、そういう風な云われというか、

「貧乏なときに、まだまだ物がないときに福引で当たったのよ」

とか、

「それをみんな大切に使っていたのよ」

とか、

「大師匠も、三平も使っていたのよ」

なんていう風に、皆さんから聞かされると、捨てるに捨てづらいんですよね。

ぼくが住み込みの弟子としては最後でした。建て替えることが決まり、弟子の部屋もなくなっちゃう。で、箪笥ですよ。決して、きれいでも立派でもないんですよ。まだまだ戦後の、そういうときに作られた箪笥ですからね、おんぼろなんです。

おかみさんが、

「あら、これ、捨てちゃうの、悲しいわー」

なんて言っているのを横で聞いていて、「ここはポイント二倍チャンスだな」と思いま

したので（笑）、

「これ、わたし、貰って帰っていいですか？」

て言ったら、

「あら、あんた！　大切にしてくれるの？　大切にしてくれるんだったら貰って」

と言われて、

「はい喜んで、嬉しいです、いただきます」

と言って、それからずっと、未だに捨てることが出来ないまま、どうしたらいいんだろう？　と思う箪笥が（笑）、家にずっとあるんですよね。

せっかく新しいお家になっても、いつもその微妙に古い箪笥が、家にあるんですよね。何か、こう、捨てたらたたりがあるんじゃないか（爆笑）？　と思いながら捨てられないんですよね。

箪笥はね、他に酷い話がありましてね、阪神淡路大震災があった三日後ぐらいに、家の近所のすごいお屋敷に住んでいる奥様、話もしたことがない奥様がピンポンって訪ねてきて、

「何ですか？」

と言ったら、

「たい平さん、落語家さんですよね」

と、

「そうです」

って。

「あの、いい桐のね、和箪笥があるんだけど貰ってくれないかしら?」

って言うんで、

「いいですよ、もう是非喜んで」

と言ったら、

「ああ、嬉しいわ、家の部屋にあって倒れて下敷きになって死ぬのは嫌だから」(爆笑)

って、おれが死ぬのはいいのかなと思いながら。でも何か、よそ様にやっちゃうよりは、知ってる人が持っていてくれることの方が、いいんでございましょうね。

下北沢にもありますよ、素敵なね、古い家具ばっかりを扱ってる古い家具屋さん。そこで、卓袱台《ちゃぶだい》を買いましたね。卵形の卓袱台。普通は丸い卓袱台とかが多いんですけども、楕円形の卓袱台で珍しいなと思って、で、見たら安かったので、買ってきたんです。

家に持って帰ってよく見ると、以前使った家族が残した醤油の染みとかが、拭いているとニスがはがれて、前使った人の痕跡がどんどん出てくるんですよね(笑)。もの凄く怖くて、今それも捨てられない。その怖い箪笥と、その卓袱台に常に挟まれながら、暮らしているんです。たぶん地震のときには、それにバアっと挟まれて、死んでいくんだろうなあと思うんですよね（爆笑・拍手）。

漁師体験記

二〇〇九年八月二日　横浜にぎわい座「天下たい平」Vol. 34
演目当てクイズ【第7問 難易度A】のまくら

いっぱいのお運びで、ありがたく御礼を申し上げます。

本来でしたら八月の二日でございますからね、本当にかんかん照りの中を、歩いて、皆さんが汗だくになってこちらの方にご到着をなさる、そういうような陽気であって欲しいんでございますが、何だか不順ですねぇ。海に行こうというような、そういう気も起きないぐらいに、不思議な天候が続いておりまして、そのちょいと前には何だか大雨で、九州また中国地方は大変でございました。

あの最中に、わたくしも、五島《ごとう》列島という所をご存じですかね、あの長崎のこっち側にあるね、五島列島という島がありまして、そちらに仕事でなんと日帰りで行ってきたんです（笑）。もう、悲しくなりますよ。最初、長崎の仕事で日帰りと言われたんで、まあまあ、長崎ぐらいだったら日帰りは仕方がないなと、今は思うんですよ。福岡とか、それこそ北海道でも日帰りですからね。

こういう世の中ですから、少しでも滞在をさせておくと、いろんなものを飲んだり食べたり、芸人はしますから（笑）、だったら早く帰してしまおうという、そういう気持ちはよくわかるんですね。こういう悪い慣習をつけたのは、うちの「こん平」でございます（爆笑）。もう延々飲み続けて食べ続けて、三次会、四次会、五次会とその主催者の方を引き連れまわすという、え〜、そういう習慣でございます。

いいですか、五島列島で日帰りですよ。ぼくなんかは、人生の中で初めて五島列島に行くので、ちょっと嬉しかったんですけどもね、でも、日帰りなんですよ（笑）。

その日がもの凄い集中豪雨で、それこそ人が何人もお亡くなりになるような、あの大雨の最中だったんです。で、朝七時に電話がかかってまいりまして、

「今、五島列島の福江《ふくえ》という島にいるんですけれども、朝の一便は飛びませんでした」

日曜日の仕事ですよ。

「ことによったら飛ぶかも知れません。でも、飛んだときに今度は戻って来られない可能性もあります。たい平さんは、ラジオを月曜日、おやりになっていらっしゃるんですよね。飛べなかった場合に、ラジオに出られないということがありますが、どうします

か？」

もの凄くわたしの了見が試されているような感じで（笑）。

「小遊三《こゆうざ》師匠は取りあえず長崎まで来てくださるということらしいんです、ありがたいやさしい方です。たい平さんはどうなさいますか？」（笑）

もの凄くこっち側に決定権を与えられてしまっている。そこで、

「あの、すみません、ラジオがありますし、何かあったらいけないので」

という風に言ってしまうことも簡単ですけども、ことによって飛んだときにですよ、

「たい平だけが来なかった。酷いやつだ、俺たち島民を見放して、ラジオの小銭を稼ぎたいのか？」（爆笑）

末代まで島の笑われ者になってしまう。

「もうとにかく小遊三師匠が行くんだったら、ぼくだって行きますよ」

ということで。

で、

「長崎空港まで来てください。福岡から福江には飛んでいない状況ですから、長崎から船に乗りましょう」

と、そういう状況だったんです、朝七時の段階で、

「八時半にはうちを出てしまうので、もうそれ以後はちょっと無理ですから、じゃあ、長崎に」

と言ったら、八時二〇分にまた主催者から電話がかかってまいりまして、

「どうやら福江空港の上空は晴れています。なので、取りあえず福岡空港までは飛んでみてください」

で、福岡空港に行って……もう小さい飛行機ですよ。百人も乗れないような飛行機に乗り込むところで、五島、福江行きという便ですけれども、みんなこう沈痛な面持ちで行けるのかどうなのか？　待っているわけですよね。島民なのか、また旅行客なのかわかりませんけども、みんな待合室で待っているわけですよね。

そしたらものすごい表情のお姉ちゃんが（笑）、最初から、「あの、飛びます」（笑）とかって言ってくれればいいのに、ぼくにはもの凄く長くその時間が感じましたねぇ。二〇秒ぐらい、みんなその乗る人たちを凝視して、この顔で、察知しろということなのかなと思った。それが、察知出来るに十分値する顔なの。

「お客様、……飛びます」（笑）

みんな、「わぁー！」（爆笑・拍手）

もう坂上二郎さんかと思いました（笑）。「飛びます！飛びます！」そのぐらいやって欲

しかった。みんな大喜びしてましたよ、「わぁー」とね。もう行きましたよ。三時開演なのに二時に到着して、で、「すぐに始めましょう」ということで始めて、四時に終わりました（笑）。

帰りの便が、福岡から飛んでないという状況。取りあえずその会館にいても何もないので、福江空港に行こうと。空港に行けば何かあるだろうということで、空港に行って。で、酒をちびちび飲んだり枝豆を食べたりしながら、「どうだろうな、まあ、でもそろそろ時間だから行こう」ということで、検査も受けて、中に入って待合室で待ってたら、福江空港の人がフライト状況の説明に来たんですけど。

福江空港は凄く小さい空港なんです。日頃は漁のお手伝いをしているのかなあって人が（笑）、一日三便飛ぶ飛行機のときには、飛行場で働いてるみたいな、たぶんその朝は海女として潜っている人が（笑）、昼間は夢だった空の仕事をしてるような人なんですよ（笑）、もの凄く日焼けした女性が。

「お客様にご案内を申し上げます、………福岡から飛行機は飛び立ちました」（笑）って、「飛び立ったんじゃないか！」と思ってね。飛び立って三〇分ぐらいで着いて。で、機内清掃するおばちゃんたちは、本当に地元の人たちなんですよ。お洒落な人よりも何かそういうね、島の雇用を増やそうということですから。そういうおばちゃんが一生懸命掃除を急いでくれて、最後は飛んで、もう飛んだときには本当に何ですかね、あの一体感というのはね、家族のようになっていて「良かったね」なんて言いあいながら、全員が拍手をしていた。こんな日帰り五島列島。最初で最後の旅だと思うんですけれど。

そういう信じられないような旅が、今は多すぎますね。もっとゆったりと旅というのは、この夏休みを利用して皆さんはね、ゆったりとした旅をなさるんでしょうけれども、速いことが正義みたいなところが、ちょっと悲しいですね、便利になり過ぎてしまって。

旅という程ではないですけども、この間ロケがありまして、館山というところで「さかなクン」と一緒にロケを。わたしがやっているNHKの番組で、『ど～する？　地球のあした』という小学校高学年向けで、地球の未来を考える、環境問題を考えるという番組で、今は海が大変なことになっているという、そういうロケをさかなクンとやった。

待ち合わせが朝の四時、館山の半田漁港というところ。さかなクンが朝四時……朝四時のさかなクンを知っていますか？　皆さん（笑）。そして、朝四時のさかなクンに会ったことがあります（笑）？　わたしは会いましたよ、朝四時のさかなクン。

「いやぁー、たい平さぁーん、うれしいでギョざいます。ギョ一緒できるなんてぇ、いやぁ、うれしいなぁ、ギョギョウ！」（爆笑・拍手）

朝四時ですよ。まだ身体が半分寝てるのに、もうドンドンガンガン扉をたたきながら、さかなクンがわたしの身体を起こしに来るわけです（笑）。いやー、もう否応なしにドンドン身体が起きて来るわけですよ。三〇分会話をしていると、右側からずっとさかなクンが喋りかけてくれたので、右の耳がよく聞こえなくなってきている（笑）。

四時五〇分に漁船に乗って、定置網のところへ。まあ、ロケですからね、カメラがまわっているんで、さかなクンは、ぼくに海がどうなっているかというのと、これからどういう魚が捕れるかというのを説明してくれるのですが、さかなクンの声で、エンジンの音が聞こえない（爆笑）。

何かスクリューの音とか、これから漁に出るなという、何かね、朝の朝靄の中を、それほど、まあ、大きくない船ですよ。六人乗りぐらいの船で、ブブブブ、ブ、ブ、ブーと波しぶきがバアっと上がって、朝靄の中をスーッと気持ちよく進んで行くんだろうなと思ったら、いやー、ぼくが思っていた、漁の朝の光景とはまったく違う。

で、着いて。ぼくも頑張らなきゃいけないですからね、ぼくの番組ですからね、

もうさかなクンがいちいち捕れる魚を、

「たい平さぁん、これは何とかでギョざいますぅー、食べたらおいしいですし、塩で食べるのが一番！」（笑）

とか言う。

「ああ、そうなんだ、凄いね、さかなクン、いろいろ知っていて」

ぼくも負けちゃいけないですからね、林家一門ですから、

「凄いね、さかなクーン！」って、ハイテンション。

さかなクンは、四時からテンションがまったく同じなんです（笑）。

わたしね……酔ってきたんですよ、船に乗って一〇分で。ぼくは船酔いするタイプじゃないんですよ……「さかなクン酔い」だったんです（爆笑・拍手）。完全に三半規管をやられちゃった。

朝の六時に漁が終わってさかなクンのお家に行って、八時。四時から八時まで四時間、ずっとさかなクンペース（笑）。

でね、そのさかなクンは、やっぱり凄いんですよ。あの〜、何ていうのかな、裏表がある芸人とかタレントっているでしょう。何かみんなの前で「わぁっ」とやってるけども、楽屋に帰ってくるともう一言も喋らないようなとか、もの凄く何かお客さんに対して冷たい人が、そういうのがいますでしょう。でも、そういう人ってね、長続きしないんだなと思いました。

さかなクンはね、本物なんですよ（笑）。裏表なんか無いんですよ、もうあのまんまなんです。だから、皆さんに愛されるんだなというのが、もう四時間いる間の一〇分でわか

りました。

「一〇分でわかったから、もう静かにしといて」(笑)

っていうぐらいにわかってしまいました。でも、本当に素敵ですよ。

一番最初にぼく、さかなクンに訊きたかったのは、

「その魚の帽子はどこで作っているの?」

――ということ。

「ギョギョー、帽子じゃないです、皮膚でギョざいます!」(笑)

もうそれ以上何も言えないでしょう。皮膚だって言われたら。皮膚って言われちゃったらもう皮膚なんですよ、皆さん!

「さかなクン、ちなみに何歳なの?」

「成魚でギョざいます」(笑)

って言われちゃったら、もう歳なんか聞けないでしょう。

千葉の漁師さんは、命をかけて漁をしているから、やっぱね、どっか寡黙でね、取っつき辛いところが凄くあるのに、さかなクンは、すーっとそういうところに入っていくんですよね。で、漁師さんにも可愛がられて、「おお、さかなクン」って言いながらね、珍しい魚が揚がってくると、親方っていうんですね。船長っていわないんですね、親方ってい

うんですよ。で、親方がね、

「おお、さかなクン、ほら、珍しい魚が捕れたから、自分の家へ持って帰って水槽で飼いな」

なんて言って、もの凄くいっぱい揚がっているのを、その親方はさかなクンの為だけにタモですくって、さかなクンに渡してくれているんですよ。まあ、そのぐらいにね、人に愛されるっていうことを、さかなクンはすごく普通に出来る人なんですね。

で、ぼくもありがたいことに、これはもう本当に『笑点』のおかげですね。もうぼくの名前なんか全然言ってくれなかったんですけど、親方が「オレンジ、オレンジ」(笑)ってずっと言ってくださって。

でも、さかなクンに後で聞いたら、一緒に何人かロケをしましたけども、ロケでぼくと一緒に乗った人には、ほとんど喋りもしないし名前も呼ばなかったのが、

「たい平さんは『オレンジ』って呼ばれているだけで、凄く親方に気に入られているでギョざいます」(笑)

って。ああ、そうなんだ。おかげでわたしも漁船に、初めて乗ったのにとけ込むことが出来た。

そんななか、NHKの人の指示が、

「船のあっち側で漁をしてるときは危険なので、たい平さんはこっち側の迷惑にならないところに立っていてください」

――と。で、ある程度漁が終わったら、さかなクンがいろいろと説明してくれるので、そのときには並んで、「さかなクンの話を聞いてください」ということで、わたし、迷惑にならないところへずっと立っていたら親方が、

「オレンジっ！　何をやってるんだ！　そんなところで、お前、一緒に乗ってるんだったら、お前、一緒に漁をしろ、ほら！」（爆笑）

と言って、何かもの凄いこんな太い道具を渡されて……。

もうね、そのタモ網だけでも、普通の網ってこのぐらいの柄でしょう。丸太があるでしょう、丸太。あの、丸太の先に、こういうタモ網が付いているんです。もう、だから柄だけで、もの凄く重いんですよ。で、それでジャンジャンすくって、こっち側にザッとやるんですけど、もう何十キロぐらいになるんだろう。一つの網が三〇キロぐらいになるんですね。

でもね、働かないとそのまま突き飛ばされそうなぐらいな勢いで、

「早くやれよ、ほら！」

と言われて、

「わかりました！」

もの凄く必死にやったら、

「こんなにやった芸能人を見たのは初めてだ、オレンジ！　お前、なかなかやるじゃないか、オレンジよ」（笑）

「ありがとうございます、本当に」（爆笑・拍手）

もう本当に達成感と言うのかなぁ、漁師になりたいと思いましたね。

意外と、あのぅ、ぼくMなんですよ（笑）。もうああいう苛められるところに、すごく快感を感じて。で、もう船が港に着いたので、

「本当にありがとうございました」

と、親方に言ったら、

「何を言っているんだ、おらぁ、まだ最後の仕事があるだろう」（笑）

て言われて、その漁港に入ってから、魚の寄り分け作業までわたくし手伝わされて、サバはサバ、タイはタイとか全部やって。

「良かったぞ、オレンジな（笑）。……お前な、今日は不漁だったんだ、いつもに比べて。何故だと思う？」

「え、不漁、あんまり捕れなかったと……？　意外と捕れてました」

「いつもは倍捕れるんだけどよ、不漁だったんだ！　お前、何でだか、わかるかよ？」

「え、さかなクンが乗ったからですか？」

「バカ野郎！　お前、さかなクンが乗ったら、いつも大漁なんだ、おらぁ！　おい、何で今日、不漁なのかわかるかよ？　おい、おめぇが乗ったからだよ！」（笑）

もの凄く怖いんですよ。あんなに働いたのに、もの凄く懐に入れたと思ったのに、「おめぇが乗ったから不漁だった」だなんて。

「えぇ、どう、どうしたらいいんですか？」

「また乗ることだなあ」（爆笑・拍手）って。

実は、また乗りに行くんです、わたし。プライベートなのに行くんですよ。嘘つきになったら怖いでしょう？

「あの野郎、オレンジがこの間、来た、あれ、嘘つきだ、みんな芸能人は、『また、今度、来ます』なんて言って、おめえ、来ねえやつが多いんだ」（爆笑）って、散々、聞かされてますから。どんな目に遭いますか？

「じゃ、今度、夏休み、家族で伺います」

と言うと、

「だから待ってっからよぉー」

って言われて。八月の七日、行ってまいります（爆笑・拍手）。

「日帰りで、家族で行きます」って、電話しました。

「親方、ありがとうございます。この間、本当にお世話になりまして、楽しい貴重な経験させていただいて」

「おお、おお、そうかぁ、よかったなぁ、オレンジよー」

「あの、すいません。えー、家族で是非そういう経験をしたいので、あのぅー、一緒に船に乗せていただいてよろしいですか？」

「おお、来いよ！」

観光地引き網って、あるでしょう？　でも、そんなんじゃなくて、定置網ってのはどういうことなのかというね、その漁法も見て欲しいって、その親方は素晴らしい親方で。だから観光定置網って書いてあったんです。観光なんですよ、観光。「だから家族で行きます」って言ったら、まあ、観光だろうなと思って。

「あの、家族で伺います、七日の朝に、何時に行ったらいいですか？」

「四時だよ、四時。四時ぃ！」（爆笑）

観光じゃないじゃないですか。それ、仕事ですよ、それ、漁師ですよ、単なる。

いや、もうかなり疲れました、今も喋ってて。

凄いですよ。でもやっぱりね、命懸けで働いてるというかねえ、あのぅー、さかなクンにも言われましたけども、こうやって毎朝早起きして、そして一生懸命、魚取ったらねえ、もう本当に気分がいい。

ぼくも、魚、きれいに上手に食べるんですよ。だから皆さんから、「お前、魚、きれいに食べて偉いな」って言われるんですけども、あれから更に残さなくなりました。

さかなクンは凄いんですよ。知ってます？　伊勢エビのヒゲから食べ始めるんです(笑)。横で漁師さんが、

「おい、そんなの食えねえよ」(笑)

って言ってんのに、凄い人なんですよ。取ったら全部食べる、葬ってあげるというね。もう、だから、それ、見ちゃったら、もうね、本当に。ぼくね、田舎もんですからね、サンマのはらわたとか、ちょっと、江戸っ子の皆さんなんかは、あの苦いのが好きだなんて言ってますけど、ぼく、田舎もんなんで、はらわたはちょっと勘弁して欲しいなと思いますけど、もう今は何ともないですね。サンマの頭まで食えますね。サンマはシシャモのように(笑)、食えるような身体になりました。

いやぁ〜、本当に凄いことですよねえ。ああやって、人間ってのは逞しくなっていくし、戸塚ヨットスクールなんてのはありましたけどもね、戸塚ヨットスクールなんか、あ

そこに比べたら、屁でもないですよ、たぶん（爆笑）。――て、思いました。仕事に命をかけて、誇りを持ってやっているのを、目の前で見せてもらうと感動しますねぇ。素晴らしかったです。親方も、さかなクンも。

えぇ〜、もしぃ、あのぅ、よかったら、わたしと、今度、このにぎわい座の皆さんと一緒に、バスツアーで館山に行きませんか？　四時ですから（笑）、ここを午前〇時出発ということで（爆笑）、是非、そんな皆さんを募りたいなあと思う、今日この頃でございます。

女の見栄、男の見栄

二〇〇九年八月二日　横浜にぎわい座「天下たい平」Vol.34
演目当てクイズ【第8問 難易度B】のまくら

女の人ってのは、付き合ってるときには、なかなかいいんですけども、本当に、あのぅ〜、結婚して、ま、一年ぐらい、持ちますかねぇ？　あと二年、三年すると、なんか、あのね、本当に、何ですかね、対等な立場で結婚したはずなのに、いつの間にか、なんか、あのプロ野球の支配下登録選手みたいなかたちになっていて（笑）、監督みたいな感じに、かみさんはなってるんですよねぇ。グラウンド十周とか、駆けさせられたりとか（笑）、そういう勢いな感じがするんですよねぇ。

今日、朝、素麵を家族で食べてましたら、宅配便の方が、山梨から桃を届けてくださって、ピンポーンっていって、宅配便の人が来ました。わたし、パンツ姿だったので、

「あ、ちょっと出て」

って、かみさんに言ったら、

「嫌、嫌よ、あたし。こんな姿で出られないわよ」

って。別に普通にいつも通りの姿で、どこがどんな姿なのかよくわからない（笑）。「嫌よ、こんな姿」って、普通なんです。ぼくが出てった方がパンツ一丁なんで。でもなんかもう、頑なに、

「嫌よ、そんな、嫌よ、宅配便の人にこんな姿、見られたくない」

って、どんな姿なのかもよくわからないし、その宅配便の方にどんな風によく見てもらいたのか、どうしたいのかもわからない。宅配便のその人も支配下登録選手に入れたいのか（笑）、よくわからないですね。何ですかね？「嫌よ、こんな姿で」って。

結局、おれ、赤いブリーフのパンツのまま（笑）、表に出たんですけれども。おれはいいんですかねぇ、こんな姿見られても……。女心は、よくわからないですねえ。まったくよくわからないです。

光陰矢の如し

二〇〇九年一二月六日　横浜にぎわい座「天下たい平」Vol.36
『芝浜』のまくら

最近もの凄い勢いで、インフルエンザが流行っておりまして、こうやってたくさんの人が集まる所に行きたがらないというお客さんが多いんですね。または、変な話、酷い所になると、落語会が中止になってしまったりすることが多いんですが、え〜、今日はこうやってたくさんの方がお集まりをいただいて。まあ、ちらほらですね、マスクをなさってる方。先日、行ったところはね、石川県に行ったんですけれども、前の三列までが全員マスクしてるんです。全員してるんですよ。おかしいでしょう？　会館の方に、

「これ、何で全員マスクをしてるんですか？」

って訊ねたら、

「会館側でマスクを配ってるんです」

「何で三列目まで配ってるんですか?」

――て言ったら、落語家の唾が飛ぶ範囲で配ってる(笑)。実験したんですかね、どこまで飛ぶか。で、配ってるらしい。バカですね。百枚近くマスクを配ってるんですよ、無料で、ねぇ〜。落語家に一枚、被しとけば済む話じゃないですか(爆笑)。そういうね、基本的なところがわからないですね(爆笑・拍手)。

でも本当に今年は、身近な方というか、大好きな人が亡くなってしまうことも多かったですよ。マイケル・ジャクソンから始まり、圓楽師匠(五代目)までと。あっ、マイケルと圓楽師匠はどういうつながりかってよくわかりませんが(笑)。え〜、二年ほど、圓楽師匠の司会で、わたくしも『笑点』、出させていただいたのが、良い思い出となりました。それまでは、まだまだ売れてない人間と、本当に雲の上のような人ですから、そんなに仕事先でも出会わなかったんですけどもね。『笑点』に出させていただいて、楽屋でもご一緒にさせていただいて、いろんなことも教えていただきました。

でもね、最初の頃、幾ら手を挙げても指してくれないんです。皆さんもお気付きだったと思いますけれども、もういっくら手を挙げても指してくれないので、これはなんか圓楽一門の罠じゃないかな(笑)?　と思ったんです。ぼくの隣が楽太郎師匠(現・六代目円楽)でございますから、わたしが手を挙げても楽太郎師匠、わたしの身体を死角に入れるような体勢で手を挙げますから、圓楽師匠から見えないようにしてるんじゃないかなと思って（笑）、いろんな手の挙げ方を考え、下の方に挙げてみたりとかですね、いろいろとやったんですけれども。

もう師匠の目を見ながら、こう手を挙げていても、一向に指してくれないのが十週ぐらい続きましてね。うちの母親なんか急性胃炎になってしまって（笑）。「息子が全然指されない」ってね。そういう息子の姿を見ててね、「もうどうしたらいいんだろう？」っていう、そういう気持ちになったみたいで、もう胃炎になってしまってね。で、うちの近所なんか歩いてましても、知らない人たちがどんどん近づいてきて、

「あんた、苛められてるのよ。ダメよ、頑張らなきゃダメよ、あの年寄りが苛めるんだからねぇ」（爆笑）

なんて言いながら、ああ、そういう世界なのかな、やっぱりなんて思ったんです。

そんな十二週目ぐらいのある日、楽屋に圓楽師匠がポツッといらっしゃったので、この時だなと思い、師匠のところに行きまして、

「あの師匠、いくら手を挙げても指してくれないんですけども、何か失礼なことをしましたでしょうか？」

って聞いたら、

「あ〜、君ねぇ、本番になると名前がわかんなくなっちゃうんだよねぇ」（爆笑）それだけだったんですねえ。「はい、君」とか、「オレンジ」とか、言えばよかったんですけども、まあ、そういうところは律義な師匠だったので、名前がわからなかった。時々、「こんちゃん」とわたしのことを呼んでましで（笑）、え〜、まあ、そういう師匠なんですね。

引退の会見のときにも、楽屋にいらっしゃった圓楽師匠に、ふざけて、

「師匠、わたしの名前、覚えてますか？」

って言ったら、

「あ〜、覚えてるよ。たい平君だろう？『笑点』見てるからねぇ」（笑）

なんて言って。

「ああ、そうですか。ありがとうございます」

「あ〜、もうね、みんなそうやってからかうけどね、ちゃんとしてるんだ、頭だってしっかりしててね。え〜とねぇ、好楽だろう、木久ちゃん、それから歌さんに、え〜、楽太郎、え〜、昇太さんに、たい平君だろう。全員、言えるだろう？」

なんと小遊三師匠が入ってなかったんです（爆笑）。ものすごく隣でショックな顔をしてました。結局、何十年もいても覚えられなかったり、押し出されて忘れてしまうとい

う、そういうところだったんですけど、まあ、そんないろんな思い出がもっともっとあるんですけれども、まあ、仕方がございません。

よく志ん朝師匠がおっしゃってました、「光陰矢《こういんや》の如《ごと》し」。本当にこの年になって、「光陰矢の如し」ということを感じます。

わたくしの母校、花の木小学校、可愛い名前でしょ？　秩父市立花の木小学校という小学校がございまして、朝礼台がございました。秩父のセメント、コンクリートで作った朝礼台がありました。もう秩父は何でもコンクリートで作ります（笑）。セメントがふんだんにありますんでね、鉄で作るよりはコンクリートという。コンクリート製で後ろ側がとても素敵な塔みたいになってまして、そこに、大きな時計が入っていました。小学校の校章が入っていて、そこの所にね、このぐらいの銅のエンブレムで、「光陰矢の如し」て刻んであったんです。

子供の頃から、ずっと見てたんですけど、「光陰矢の如し」って何だろうな？　子供には難し過ぎるなと思って、落語家になったときに志ん朝師匠が、高座で、

「もう本当に『光陰矢の如し』でございまして、ねぇ、毎年、早いですな。『光陰矢の如し』というのはどういう意味かというと、『光陰』というのは、『矢の如し』だという意味

なんですなぁ」

って、やっと意味がわかりました（笑）。

まあ、でも今、実感として、「光陰矢の如し」というのを感じさせていただけるようになりました。え〜、皆さんの一年は如何だったでしょうかね？

続・寄席の世界の愉快な面々

二〇一〇年二月七日　横浜にぎわい座「天下たい平」Vol.37
演目当てクイズ【第9問 難易度B】のまくら

我々の世界、本当に良いところですよ。え〜。みんなね、そっち側にいられないから、こっち側に来てるだけなんですよね。本来だったら、だって落語が好きだったわけですよね。最初の頃は落語が大好きで大好きで仕方がなくて、落語が聴きたくて落語が大好きでそっち側にいたんです。でもそっち側にある日突然、いられない理由が出来て、こっち側にみんな入ってしまったんですね。

もうおかしな人しかいませんね。市馬師匠のお弟子さんなんですけどもね、市馬師匠はね、大きな液晶テレビを買ったんですね。で、ぼくが楽屋で、

「市馬師匠のところ、液晶テレビ、買ったんだって、何型？」

って訊いたら、

「最新型です」（笑）

対話的には間違いではないんですけども、ぼくが本来聞きたかったこととは、全然違う答えが返ってきたりするわけでね。

最近はね、女性の前座さんが多いのも、ちょっと恥ずかしいですね。まあ、我々、パンツ一丁になってはき替え、着替えたりなんかしますからね、まあ、女性の前座さんと二人きりになると、ちょっと恥ずかしい思いをしたりなんかするんで。この間、ある日ね、鼻水が凄く出ちゃって、

「風邪、ひいてたんで、鼻、かみたいんだけど」

って、女性の前座さんに頼んだんですよ。

「えっ!?」

「はだがびだいんだけど」

「困りますっ！　裸は見せられません！」て。

裸、見たいんだけど（爆笑）っていう、もう勝手な妄想で叱られました。

「わたし、男と二人っきりになっちゃって、なんかされたらどうしようかしら」という、もうそういう気持ちで。別に楽屋で何もしないですよ。それなのに、「鼻をかみたいんだけど」って言ったら、「裸、見たいんだけど」という風に変換されちゃうわけですね

え（笑）。そういう人しか、こっち側に入ってきてない。

「マリアンから電話です」（笑）

「何？」

「マリアンから電話です」（笑）

「マリアン？　楽屋にそんな人から電話、かかってこないよ。本当にマリアンって言った？」

「お電話、代わりました。モリヤです」（爆笑）

モリヤじゃねえか。全然違うんです。よくね、昔、あったでしょう。『底抜け脱線ゲーム』とかで、五人ぐらい間に入ってね、伝言ゲームのように五人の頭の中を通過してくところで、だんだん変わってくんだったらわかりますよ。一人の脳みそ通過しただけで（笑）、何でモリヤがマリアンになるんです？

外国人から電話かかってこないだろうというイメージからすれば、だいたいモリヤって聞こえるんですよ。

「たい平師匠だったら、マリアンも考えられないことはない」（爆笑）

そう思う訳ですよね。アニータからも、かかってくるかも知れないと思ってるわけですから（笑）、そうなってしまうのかも知れません。他にも、ありましたよ。

「たい平師匠、秘密警察から電話です」（笑）

マリアンの次は、秘密警察。そんなことあるわけないでしょう。北朝鮮じゃないんだよ、ここは。

「本当に秘密警察って言ったんだね？　お電話、代わりました、たい平です」

「清水建設です」（爆笑）

そういう人しかこっち側に入ってきてない。

落語、稽古するんですよ。ぼくたちはまだＭＰ３なんていうね、最新型じゃないですよ。カセットテープレコーダーで音源をとってあったりしますからね、こんなちっちゃいカセットテープレコーダーで、落語の稽古してるわけですよ。でねぇ、落語の稽古したら、電池が無くなったのでね、この細い電池を前座の見てる前で二本、外して、

「単三、買ってきて」

って言ったら、

「サイダーでいいすか？」（笑）

そういう人しかこっち側に入ってきてない。

こういうそそっかしい人間同士は、そそっかしい人間同士でいると、自分たちがそそっかしいと気が付かないんで、心が安らぐらしいんですね。ですから、そそっかしい人間の

周りには、次から次へと、そそっかしい人間が集まってくるようでございます。

ぼくも『徹子の部屋』芸人になりました

二〇一〇年六月三日　横浜にぎわい座「天下たい平」Vol.38
『不動坊』のまくら

『徹子の部屋』という番組に出させていただきまして、やっぱり芸人になったり、芸能人になったら出たいという風な、そういう番組がございます。『笑点』は出られるとは思っておりませんでした。本当にこれはね、出たいと言って出られるものではないし、また、師匠の仕事だと思っておりましたから、素人のときには見てましたけども落語家になってからは『笑点』、一度も見たことがなかったんですね。

まさか出られるとは思っておりませんでしたから、出たいという気持ちも、「大喜利の前の演芸コーナーの落語で出たいな」という気持ちはありましたけども、大喜利メンバーとして出たいなんて思ってもしょせん叶わない夢ですからねぇ。でもまあ、こうやって出していただけることになって、『笑点』に出させていただいたおかげで、出たいと思っていた『徹子の部屋』にも出演出来ました。

凄いですよね？　徹子さん、どこで息継ぎをするんだろうというぐらいに、ずっと喋りっぱなしでございますから、わたしも、もの凄い速く縄跳びを回していて、「さあ、入ってきて」って言われても、全然入れない縄跳びに、参加してるみたいな感じなんですよ（笑）。「お嬢さん、お入んなさい」って言われて、全然入れない感じ。それでも一生懸命、入らなきゃと思って、一生懸命入らせていただいて、もの凄い速いスピードで、倍速ぐらいで話をさせていただいたんですけども。

なんか時々、変なこと言いますね、徹子さんは。

「CMの後は、たい平さんが海老名のおかみさんに抱かれた、いいお話です」（爆笑）抱かれたんじゃない。これ、悲しい、苦しいときに、辛いときに、ぎゅっと「頑張りなさいよ」っていう風にこう、抱きしめてもらった話なんですよ。それが「海老名のおかみさんに抱かれた話」ですって。だからおれがどんな風に誘惑されてるんですか（笑）、どんな徒弟制度なんですかと思いながら。

その後、うちのかみさんの話になって、

「ねえ、大変だったでしょうね、あなたの奥様のお父さんは。さぞやこんなに食えないような芸人と結婚すると言われて……」（爆笑）

って。目の前でそんなこと、言われたのも初めてでございまして（笑）、もうそういうことが平気で言えるのが徹子さんだなと思いながら。凄いですよね。

え～、前回、来ていただいた方は、この後、二席目に登場するときの着物は、うっかりしましてね、前回と同じ着物を持ってきてしまって大変恐縮なんですけども、その着物を着て『徹子の部屋』に出たんです。そうしましたら、

「あら、すてきなお着物ですね。なんか季節を感じさせるお着物でございまして、これ、何？　色紙の裏みたいな柄ですね」（笑）

色紙の柄によく金箔みたいのがちらちら、ちらちらしてますでしょう。そういう気持ちで今度見ていただきますと、「あら、色紙の裏みたいだな」と思ったりなんかするんでございます。でも出られて、嬉しかったですね。

もう一つ、あと一つ、出たい番組があるんですね。まあまあ、最近はちょっとね、なんか商業主義というかね、何かこう、裏があるんだろうなと思って見てますから、あまり出たい気もしないんですけども、まぁ、これは取りあえず一度は出ておきたいなと思う番組がありまして、それは『笑っていいとも！』のテレフォンショッキングですよね。誰かの紹介で出たいなと思って、楽太郎師匠が出たときに、次はおれかなと思ってたんですけども（笑）、一切、わたしのところには電話がかかってくることがありませんでした（爆笑）。

この間、見てましたらねえ、あの、加藤清史郎君ですよ（笑）、ね。あのちっちゃい、あの、子供店長。凄いですよ。どんなテレフォンショッキングだったんですか？　加藤清史郎君のお友達で加藤清史郎君を紹介したのは、反町隆史ってどういう友達なんですか（笑）。そして、また加藤清史郎の友達は驚きますよ、皆さん！　小学生のくせに、常盤貴子ですよ（笑）。意味がわかんないですよね。で、常盤貴子と普通に電話してるんですよ。おれなんか、もし常盤貴子と電話がつながっても、何を話したらいいかわからないですよね。もうそういうところで普通に喋っている。なんかもう、住んでる世界が違うなと思っちゃいました。まあ、『笑っていいとも！』も、まあ、やってる間は一度ぐらいは出てみたいなと思ったりして。

『ぴったんこカン・カン』は今度、出ますので、え〜。木久扇《きくおう》、木久蔵《きくぞう》、親子特集というのがありまして（笑）、そのときにわたしがちらっと出るんですよ。え〜、木久扇師匠には、わたし、二ツ目に成りたての時から、とても可愛がっていただいて、「たい平君も絵が描けるから、ぼくと何となく似てるところがある」からということで、そしてこんちゃんの弟子でもあるしということで。

あの、前座のときには意外と仕事があるんですね。え〜、一生懸命、働いておりましたから、方々で呼ばれて、単価は安いですけども、毎日のように仕事がありますからね。二ツ目になった途端に仕事が一気になくなるんです。二ツ目はたくさんいますしね。え〜、そういう中でお金がなくなる、仕事がなくなる、そういうことを見越して、木久扇師匠が、「たい平君、僕のうちに毎日来なさい。アトリエで僕の絵を描くアシスタントをやりなさい、ね。そしたら、幾ばくかのお金を君にアルバイト代として差し上げるから」と言って、毎日、あの、アシスタントで絵筆を洗ったり、「ここにはこういう色を塗って」なんて言われて、その色塗りを、べた塗りをしたりなんかしてたの。

昼になると、「何でも好きなもの、食べていいから」って言って、あの、近くに木久蔵ラーメンがありまして、「何でも好きなもの、いいから食べてきなさい」って言われるんですけども、木久蔵ラーメンですから（笑）、えー、初日がみそ味、二日目がしょうゆ味、三日目が塩味、四日目になると、もうみそ味の振り出しに戻って（笑）、え〜、毎日、ラーメンを食べさしていただいて。でもそうやって可愛がっていただいたので、今があったりするんでございます。

嘘のような本当の話

二〇一〇年六月三日　横浜にぎわい座「天下たい平」Vol.38
演目当てクイズ【第10問 難易度A】のまくら

落語というのは、もうありそうでないような話、また荒唐無稽な話、まあ、そういうところが落語の良さでもあるんですけども、え〜、事実は小説よりも奇なりなんていう言葉がある通り、「本当にこんなことがあるんだなぁ」なんていう事件が本当に山ほどありますね。

先日、こんなことがあるんだと思ったのはね、若い男が女子高生をつかまえて、ナイフを出して、「金を出せ」――て言ったら、女の子が、柔道かなんかやってる女の子でね、そのナイフを奪い取って、

「あなた、こんなことやって人生、何も為にならないのよ」

「あー、すいません。ごめんなさい。ちょっと一緒にドライブしてもらえますか?」（笑）

「ドライブ？　今日はこの後、時間がないから、じゃあ、今度、ドライブしましょう。じゃあ、あなたのメールアドレス、教えて」

ていう風に言ったら、男はメールアドレスを素直に教えて、そしてデートの約束をして、デートの待ち合わせ場所で逮捕されたというねえ（笑）。

この男はバカなのか純粋なのか、よくわからないですね。昔は本当にこう、腹が据わっているようなやつらが、そういうことをやったんでしょうけども、最近は素人がおそろしいことをしますからねぇ。まあ、気の迷いなのか、わかりませんけども。そしてまたこの肝の据わった女子高生というのが、落語のようなお話でございました。

網走ツアー体験記

二〇一〇年一〇月三日　横浜にぎわい座「天下たい平」Vol.41
演目当てクイズ【第11問 難易度B】のまくら

先日、ニッポン放送主催で、「林家たい平と行く網走三日間の旅」というのに行ってまいりました。何故わたしが網走なのか、小遊三師匠の方が適任ではないかと思ったんですが（笑）、小遊三師匠では網走というイメージが逆に悪くなってしまうというので、爽やかな感じのイメージを持ったわたし（笑）、林家たい平が選ばれたんでございましょう。

といいますのも、有楽町でイベントをやってるときに、知り合いになった網走市長さんがいらっしゃいまして、「また何か楽しいことを、たい平さんとやりたいですね」ということだったんですけども、「また東京に来てPRもいいんだけども、是非東京の方に、網走に来ていただいて、網走の魅力を存分に楽しんでいただいて、帰ってから、こちらでまた網走の魅力を発信していただけないかな」てなわけで、我々みんなで網走へ行くことになったんです。
普通そうやって「誰々と行く何々の旅」といいますと、ま、だいたい、芸能人の方は、ホテルでのディナーショーだけ出てきて、それでおしまい。あとは、握手会をしたりサイン会をしたり、それで「何々と行く」というのが本来は成立するらしいんですが、今だから言いますけども、番組をやめてしまったニッポン放送ですから言いますけれども、もの凄く人使いが荒いんでございまして（笑）、ツアーのお客様と同じ八時五分の飛行機に乗せていただきました。
ツアーの方がバスに乗り込んで、その後にわたしがバスに乗り込むわけですよ。まさか同じバスで一緒に観光はしないだろうと思ってる一番前に、わたしが座ってるわけでして、皆さん驚かれていました。
「えー？」（笑）
「いつの飛行機で来たの？」
「一緒の飛行機に乗ってきました」（笑）
「ああ、そう、大変だね、大丈夫？」（笑）
なんて言われて。朝のご挨拶をさせていただいて、もの凄く盛り上がって、
「やぁー、嬉しいよ、こんなに朝からずっとたい平さんが一緒にいてくれる」

「これは嬉しいな、こんなこと今までなかったよ」

――と言っていたのは、最初の一時間だけでございました（笑）。

あとはマイクを取ると、

「ちょっと静かにしておいてくれ」

とか（笑）、

「外の景色を眺めたいんだ」

とか（笑）、そういうことを言うように、お客さんがどんどん我がままになってまいりました（爆笑）。

最初のスポット網走監獄に着いた時だけ「網走監獄」という看板の前で、

「たい平さん、一緒に写真を撮って」

というのがあっただけで、あとはほったらかし（笑）。

一時間後には、「夫婦の写真を撮って」と頼まれてシャッターを押す係。わたしが美術大学を出てるということがおわかりになってるみたいで、わたしがずっと夫婦の写真を撮っている（笑）。で、その夫婦がまた言いふらしまして、

「たい平さんに撮ってもらうと、上手く撮れるわよ」（笑）

わたしはちゃんと構図も出来上がっておりますから、網走監獄という看板がちゃんと

入って、夫婦の幸せそうな顔をパシャっと撮るもんですから、もうその評判が一気に皆さんに広がって、わたしが全員の写真を撮っている（爆笑）。

「何の為にわたしは付いてきてるのかな」と自信を無くしていると、今度は網走監獄資料館の中に、囚人の格好をする体験コーナーというのがあるんです。意味がわからない体験コーナーですけども、鉄の玉を足に付けて坂を上っていく体験コーナーとか。あと、囚人の蝋人形が三体、手をつながれて、縄で腰がつながれている。その後ろが体験コーナーになってまして、で、収監される人の服が、ハンガーに掛かってて、

「ああ、こんなことをやってるんですね」

と言ったら、また一人のツアーの客が、

「たい平さん、着替えてよ」（笑）

——というので。「何でおれ、こんなことまでやらされるのかな？」と思いながら、囚人の服がオレンジ色なんですね。妙に似合う（爆笑）。

みんなが、「似合うよ」とか言いながら、それで結局足かせと、あと手錠をさせられて、この三人の蝋人形の後ろにつながされて、変な藁《わら》の帽子被らされ、だから藁の帽子を被ってるから、ぼくじゃなくていいんですよ（笑）。わかります？　顔が見えないのに藁の帽子かぶってるのに、おれじゃなきゃダメだというツアー客が、ドンドン我がままに

なってるんです（爆笑）。

で、わたし、オレンジの囚人服着て、蝋人形の三体の後ろに立っておりましたら、もうみんな写真撮ってる。で、ツアーの客だけじゃない人たちも、他のツアーの人たちまで写真を撮るようになっている（笑）。で、わたしだってわかってないで写真撮ってるんですよ。皆さん、ぼくも蝋人形だと思って写真撮ってる。で、藁の帽子取ったら、

「おぉー、たい平だ！」（爆笑）

――と言ってびっくりして、それも、まぁ、三秒ぐらいだったんですけど（笑）。

で、移動するバスの中で、

「え～、この後は、『オホーツク流氷館』に行きまして、このツアーのバッジを見せると五〇〇円、ソフトクリームが割引になります」

――というガイドさんのアナウンス。

「ですから皆さんね、あのぅ、いいですか、芸人を育てるということは、こういうことですよ」

バスの中で散々言ったんです。

「ソフトクリーム、ぼく大好きです（笑）。ねぇ？　是非こういうときですよ。皆さん、芸人を育てる。わたしがあと、そうですね、早くて五年、ま、遅くても七年で必ず『笑

点』の司会者になると思います（笑）。これはわたしも医学的に確かな裏付けがあって言ってることですから（爆笑）、是非、ああ、たい平か、あれは俺が育てたんだと言いたい方は、今、ソフトクリームがチャンスですよ（笑）」

とバスの中で延々叫び続けたんですけど、誰もぼくのことを相手にしない（笑）。

で、流氷館、知ってます？　マイナス十五度ぐらいの所に入って本物の流氷が展示してある、でかい冷凍庫みたいなところに入って、本当にその中でもですよ、皆さんの写真を撮る係。皆さんは寒いからもう一瞬中に入っているだけ。もう次から次へ二台も三台も持ってるおばさんとかがいて、なかなかシャッターが押せない携帯とか持ってて、これを渡されて「写真お願いしまーす」って。もう頭が、凍え死にそうなんですよ（笑）。ぼくだけずっと流氷館のマイナス十五度の中に四〇分近くいたんですよ。他の人たちは、五分ぐらいで素通りしてったんです。

もう酷いなと思いながらも、ニコニコしながらソフトクリームのところに、わたしずっと立ってたんです、そしたら、

「本当に立ってるよ」（笑）

「嫌ね、芸人って」（笑）

なんて言いながら、皆さんが通り過ぎていく。すごい寂しい思いで流氷館の上の天都山

というね、これは名勝になってるんですよ。オホーツク海が見渡せ、知床半島が見渡せる、そういうとっても素敵な所の屋上に佇み、独りぼっちで寒さを癒していたら、一人だけお客さんが来て、ソフトクリームを渡してくれて、いやー、嬉しかったですね（笑）。次の日も朝からわたし、バスに一緒に乗ったんです。そうしたらソフトクリームの優しい方のセリフ、

「もう君、飽きちゃった」（爆笑）

と言われました。酷いなと思いながら、でも、まー、とても楽しい思いをさせていただきました。五八名のツアーの人たちが、

「また一緒にたい平さん、行こうね」

……もう、もういいかなと（爆笑）。

でも今日そのソフトクリームをわたしにご馳走してくれた方がここに来ているんです（爆笑・拍手）。

いや、もの凄い嬉しい。まぁ～ね、たいがいああいう場面ではね、「今度どこで演るの？　観に行くよ」なんて言って、絶対言うんですけど、絶対来ないです（爆笑）。やっぱりソフトクリームの人は凄いなあ、もう。ありがたいです。もう本当、ソフトクリーム。ありがとうございました。

旅先に行って今ちょっと古道具屋を巡ることに、興味が出てきてるところなんです。うちの田舎は秩父でして、古いものがたくさんあります。友達の家なんかは大きな土蔵があったりして、そういう中を見せてもらったりすると、何だかわからないような甲冑があったり、また時代が付いてるだけというような槍があったりとか、そんなの見てると楽しいんでね。で、古道具屋を巡るようになったんですけども、わたしが今、一番興味があるのは、自在鉤というやつでして、え〜、囲炉裏の処に、こう、上に掛ける自在鉤。

まさに自在ですから、長さが上に行ったり下に行ったり、この天秤の役割を果たすところが扇子の形であったりとか、鯛の形になってたりするんですね。で、わたしは「たい平」ですから、鯛の形の素敵な自在鉤があったら欲しいなと思って、もう日本全国に行く度行く度そこの古道具屋さん、骨董屋さんを見るんですけども、本当にお眼鏡にかなったようなのは、なかなか無くてね。燻された、こう、竹なんかがこうあって、もう粗雑でいいんですよ。こうね。何だろうな。こう、一刀彫みたいな感じで、もうザクザクと彫ってあるような、そういう鯛が付いてるのがいいんですけども、大概妙に精巧な「たい焼き」みたいなのが、こう、くっついちゃってたりとか。

あとは鯉なんていうのも多いんですけどもね、素朴で温かみのある鯛を探してるんですが、なかなかないんですよね。

ああいうところに行くと、別に買いたくないものまで買って帰ってきてしまったり、錠前なんか意味もなく買って帰ってきて。で、そんなのかみさんに見つかったら怒られますからね（笑）。

「こんなでかい錠前、あんた何にするのよ！」

なんて言って、

「使い道がないじゃない！」

なんて言いながら、揚げ句の果てに、ぼくの部屋に鍵を掛けられてしまう（爆笑）。

そういうことがありますので、なるべく買ってきたものは見せないようにしてるんです（笑）。けれども今はね、『なんでも鑑定団』なんていうのがありますから、皆さんもう血眼になって、自分の家の土蔵、蔵なんかを探しているんでしょ。

ぼくも一度、『なんでも鑑定団』の芸能人コーナーのところに、「出ませんか？」って言われたんですけども、鑑定するものが家に何も無いんですね。

あるのは、何ですかねぇ〜、内海桂子師匠に買ってもらった草履とか。でもそれも何かボロボロですから鑑定にならないし、一つだけお宝になるかなと思ってるのは、あの、三波春夫先生からの手紙。巻き紙でこんな長い、三波春夫先生の直筆で、もうお亡くなりになる三年前ぐらいですかね。

それは、お叱りの手紙なんですが、お叱りといっても良い意味のお叱りでしてね。師匠のこん平が、三波春夫先生と同じ故郷新潟ですから大好きで、いつも酔っ払うと三波先生の歌を歌いながら涙を流すので、ぼくが真打になる時のパーティーなんですけども、師匠にプレゼントで、三波春夫先生の歌謡ショーが出来ないかなと思って、三波春夫先生に何度も何度も連絡を取ったら、三波先生からわたしのところに、その巻き紙が来ました。で、「この世界は順序があるんだよ」と。

「わたしよりもこん平さんは後輩であるし、後輩を喜ばせるために先輩が行く。さらに後輩の弟子から頼まれるというのは、ちょっと順番が違うんじゃないかな」と。そのあと続けて書いてありました。

「でも、おめでとう」

越乃寒梅もたくさん送ってきていただいて、「これから頑張りなさい」という風に書いていただいたんですけども、それがあるぐらいですかね。幾らぐらいですかねぇ〜(笑)。まぁ、値段ではないですよね。逆にぼくの心の中の思い出・宝物でございますから、逆に値段なんか付けて欲しくないです。

深酒の思い出

二〇一〇年一二月五日　横浜にぎわい座「天下たい平」Vol.42
演目当てクイズ【第12問 難易度B】のまくら

一席の前に、えー、何を喋ろうかなと思ったんですけど、この何日間はこの話題でございましてね、お酒は程々にしておいた方がいいなあと。

「この度は、倅の海老蔵が（物まね）」（爆笑・拍手）

「自分では殴ったとは言ってございません」なんていう風に言っておりましたけども……（笑）。

酒はね……でも人のことは言えないんですよ。今は少しずつ年を重ねてきて、少しずつ穏やかなお酒になってまいりましたけども、若い頃はとことん飲んでしまう性質《たち》でございますからね、え〜、大学の学園祭の時に、かなり飲みました。コップにつぐのも間に合わないほどにね（笑）。

で、意識がなくなったので、先輩が、今日もここに来てると思うんですけども、「東京渋谷ＮＨＫ（大学落研での芸名）」（笑）という、とても優しい先輩がもう……あの、知ってます？　もの凄い酔っ払ってしまって、体から力が抜けてしまうと、人間、運べないんですね。硬直してないですから、どこを持ってもするするっとすり抜けてしまうぐらい、本当にもう鉛のように体が重くなってしまうんで、もうこれはとてもじゃないけれども、家まで背負うことも出来ないし、みんなで抱えていくことも出来ないんで、どうしようかというときに、学生生活課というところから、そのＮＨＫ先輩、ぼくは一年生ですけども、四年生の先輩がリヤカーを借りてきてくださいまして。

で、リヤカーにわたしを乗せて、学校からそうですね、五百メートル離れたその先輩のお家まで、リヤカーに乗せていただいた。朝起きたら、知らない家で寝てるもんですからね（笑）。う〜、あれも死ぬかと思いました。

その次の年もやっぱり、倒れたんです。意識が無くなったんですね。そうしたら友達が、「これは危ない」というので救急車を呼んでくれたんです。「救急車を呼んだよ」と耳元で言われた途端に、急に酔いが覚めてしまって（笑）、これは洒落にならないなぁ。どうしようと、意識がすっかり戻っちゃったんです。

でも、お巡りさんが来てまして、で、お巡りさんが、「俺の名前で救急車を呼んじゃったから、あのぅ、もう来ちゃうんで、取りあえず酔って下さい」（爆笑）と言ったんですよ。なので、凄い酔ったふりをして、小平の大学から友達が付き添ってくれて救急車に乗ったんです。

もう病院をたらい回しで、一時間ぐらい救急車に乗ってたら、付き添いの友達が車酔いをしてしまいまして、ぼくよりも症状が悪いんですよ（笑）。で、結局二人が救急車の中で横になってるという状況が続いて、病院に着いたら、「どっちが患者ですか？」（爆笑）と言われて、どっちもだったんですけども、わたし怒られながら、お尻に何か太い注射をしてもらって、え〜、散々こっぴどく怒られました（笑）。

で、「これで、もう無いだろう」と思ったんですけども、今度は秩父のお祭りに行きまして、またしこたま飲んで、意識が無くなってしまった。意識が無くなり上手でしょ。

朝、気が付いたら、お祭りに行った筈なのに、お祭りをやらないで朝になってるんです。「せっかくお祭りに帰ってきたのにどうしたのかな？」って思ったら、枕元で母親が号泣していて。

「生き返ったぁー！」って（爆笑）

状況がまったく読み込めない。何で母親が急に泣いてるのかわからないで、天井を見ましたら、鴨居と鴨居の所に、物干し竿がこういう風に掛けてありまして、そこの所に、近くの病院の先生が持ってきてくれた応急点滴セットが物干し竿に掛かっていて、ぼくが点滴でつながれていて、「わぁ〜、恥ずかしいな」と思ったら、バスタオルが四枚、おむつみたいに。失禁してしまうといけないというので、おむつもされて……（笑）。

うちの師匠、寄席が十日間あると、毎日四時とかまで、お酒を飲んでいるんです。

このままだと師匠も弟子も、身体がおかしくなっちゃうからというので、あるとき先輩が、

「一一時半ラストオーダーの店を見つけてきたら、どんなに遅くても午前〇時になったら解散で、電車のある内に帰れるんじゃないか？」

——ということで、わたしは前座でございましたから、一生懸命お店を探しました。

一一時半ラストオーダーの、上野の鈴本演芸場の裏にある『ホッペルポッペル』というビアガーデンを見つけてきて、そこでみんなが九時から飲み始めて、先輩たちはもうベロベロに酔っ払って、ずっと居眠りをして、一一時半になったら、うちの師匠とぼくしか飲んでないんです。

ずっと飲んでおりましたら、遂に来ましたよ。アルバイトのお姉ちゃんが、「ラスト

オーダーです」、みんなすっと急に目が覚めるんです（笑）。ラストオーダーという言葉に反応して、「ああ、帰れる」と思ってみんな生き生きしてるその顔を見ながら、うちの師匠が、

「えぇ〜とねえ、お姉ちゃん、モスコミュールを一八杯！」（爆笑・拍手）

わたし、そのときからラストオーダーの概念が変わりまして、ラストオーダーというのはお店に気を使って、あと三〇分のうちに何杯飲めるかではなくて、自分のラストオーダーなんですね（笑）。結局、一一時半ラストオーダーのお店に、二時までいたのを覚えています（爆笑）。大変ですよ、もう。

喬太郎《きょうたろう》さんとぼくは二人で真打ちになったんですね。挨拶廻りというのがありまして、いろんな偉い師匠のところに行くんで、六人しか乗らないのに、マイクロバス借りちゃったんです。前三列目のところに喬太郎さんと師匠の「さん喬《きょう》」師匠が、通路を挟んで座ってらっしゃってた。

で、ぼくと師匠は、あの、不良席ですよね。一番後ろの、不良席のところに、うちの師匠とわたしが座って、で、どんな話を道中してるのかなと思ったら、さん喬師匠と喬太郎さんはすごく真面目で、さん喬師匠が、

「お前、初日はどういう話をするんだ？（物まね）」（笑）

「えー、これこれこういう落語」

「あー、初日はそうじゃない方がいいな。もう少しおめでたい噺の方がいいぞ」

なんて言って、落語の話をしてる。で、一番後ろの不良席で、うちの師匠とぼくが何を話したかというと、

「初日は、たい平、焼き肉屋かな？」（爆笑・拍手）

なんて。

「全然話してることが違うわ」と思って。そんなおちゃめな師匠で良かったって思います。

お酒が飲めるからこそ、いろんな芸談も聞けますしね。あのー、志ん朝師匠もお酒が好きでございまして、やっぱりお酒が飲めるから、最後までご一緒出来るんですね。わたしとうちの師匠、志ん朝師匠と三人で飲んでて、楽しかったですね、もうベロベロに酔っ払って、もう二人とも酔っ払ってるから、こういうときは、無理言っても大丈夫だろうと思って、

「あの、志ん朝師匠、あの、うちの師匠、師匠のそれぞれの名前をぼくはいただいて、あの、新しい名前を考えてみたんですけど……」

「あぅん、どんなぁ名前ぇ？（物まね）」（笑）

と、古今亭志ん朝師匠。
「どぅだ、なっだぁ！（物まね）」（爆笑）
と、酔ったうちの師匠こん平。
「あのぅー、志ん朝師匠、師匠にも可愛がっていただいて、でもうちの師匠のこん平のこともやっぱり大好きですから、そこでいい名前を考え付きました。古こん平志ん朝（こんぺい・しんちょう）と言うのはどうでしょうか？」（爆笑・拍手）
と言ったら、二人とも後ろに倒れてました。
え〜、お酒というのは程々にした方がいいということでございまして。元暴走族であれだけの乱暴を働くんですから、お侍がいる時代なんか大変だったでしょうね。刀持ってるんですからね。切り捨て御免もいいところですよ（笑）。
まー、いつの時代でも酒癖が悪い人がいて、う〜ん、そういう人は本当に普段ね、やっぱりぎゅっと心の中を、律してるんでしょうね。でもお酒が入るとそれがふわぁーっと、飛び出してくるんでしょうね。ええ……

自粛ムードの中の落語会

二〇一一年四月一〇日　横浜にぎわい座「天下たい平」Vol.44
『崇徳院』のまくら

※この日の林家たい平独演会「天下たい平」は、二〇一一年三月一一日に発生した『東日本大震災』の三〇日後に行われた。震災直後から日本国内に広まった「自粛ムード」で、様々なイベントが中止・延期されていた。

え～、いっぱいのお運びでありがたく御礼を申し上げます。

何となく街の中に人が溢れるような週末でございまして、ちょっと、ホッとしてますねぇ。といいますのも、石原都知事（当事）が「花見はしない方がいいんじゃないか」とか、いろんなことを言う方がおりまして、どうなるのかなと思っておりました。

ま、そんなこととはまったく関係なく花の方は満開でございまして。えー、あらためて、わたくしの方は名前がこちらにぶら下がっております通り、『ぶらり途中下車の旅』旅人（笑）、林家たい平でございます。よろしくお願いいたします（拍手）。

横浜もとても素敵な花見スポットがたくさんございまして、その『ぶらり旅』で初めて三渓園という所にお邪魔をいたしました。素晴らしいですね。一人の大きな財産を持ってる方がお持ちになっているあいうお庭のほうが、公共のものよりも、最後まで残ったりするもんなんだなぁと。

お庭で横山大観《よこやまたいかん》が絵を描いたり、あそこでいろんな文化が花開いた所だそうでございまして、初めて行って、「こんな素敵な所があるんだなぁ」と思いながらね。

あの辺りは本牧というところで、戦後米軍に接収されてから、ちょっと日本人の足が遠のいてしまって、なかなか行く機会が無かったそうでございました。今、お客さんの足が、戻ってきておりましてね、風情があるとても素敵な所を『ぶらり』と旅をさせていただきました。

また今日はたくさんの方に、詰めかけていただきましてありがとうございます。まぁ〜、いろんな所に行きまして、もう自粛自粛でございまして。我々も、どうしたらいいかわからないような……そんな中で落語を演ってるんでございます。

もう何度か来ていただいてる方には、わたくしも何度もお話をしてるので、この話を既に聞いていただいてる方も、いらっしゃると思うんですが、にぎわい座では初めてでございますので、お話をさせていただこうかなと思うんです（拍手）。

今、自粛をした方がいいのか、またしない方がいいんじゃないか、いろんなことを、それぞれの方が言ってます。ぼくの見解でございますが、難しく考えるよりも簡単に考えようと思ってね。どうやってお客さんに説明したら一番わかりやすいかな？　と思ったときに、

「あ、そうだ！　このにぎわい座が被災地に向かう応援隊が乗ってるバスだと、考えてもらおう」と。

で、わたしも一緒に乗っておりまして、皆さんも被災地に手伝いに向かうボランティアの一員なんですね。

で、バスに乗っていて、東北まで行く途中、被災に遭われた方たちは、寒い中、寝てないんじゃないか？　だったらバスの中で、ぼくたちだけ温かいエアコンを効かせて寝たりしていいんだろうか？　同じような思いで行かなければいけないんじゃないかと、エアコンも消して窓も開けて、寒い中一晩も寝ないで被災地まで辿り着こう。それからお腹一杯食べられない。ぼくたちだけバスの中で美味しいものを食べてしまっていいんだろうか？　だったらぼくたちも食べないで向こうまで行こうと。さあ、いざ被災地に着いて働かねば

いけないときに、働けるような身体ですかね。

体力が衰えている。睡眠不足である。ご飯を食べてなくてお腹が空いている。そんな中で力は発揮できませんよね。でしたら被災に遭わなかったぼくたちは、今、何が出来るかというと、本当にぼくたちの力を必要とされたときに、すっと力が出せるように、いつも心の中に元気と、それから健康をチャージしておく。そして自分たちの力が発揮できるときに、すぐに働くことが出来る。

同じような思いを抱くのは大切ですけどもね、同じような場所にいてしまうと、自分たちの体力も弱ってしまって、本当に手伝わなければいけないとき、力を発揮しなければいけないときに力が発揮出来ないのではないか。ですからこのバスに乗ってる間は、大いに笑っていただいて、十分に休養を取っていただいて、健康と元気をチャージしていただいて、来たるべき我々の力を貸さなければいけないときに、お役に立つ。そんな健康な心と身体をこういうところで作っていただければ良いな、なんて思って、毎回毎回、最近は落語の前にお話をするんです。

といいますのも、震災から一カ月近くたちますけれども、こういう所に来て笑うことは何となく気が引けるだとか、不謹慎なんじゃないか、おれだけこんな所で笑ってていいんだろうか、そんなふうに思う方が何人かいらっしゃいまして、こういうことを最初にお話ししませんと、最後の最後まで、ずっとそういう思いを胸に抱きながら、半分楽しめないというような、そういうこともございますんでね。真面目なことを言うようですけども、そんなお話をさせていただいて、これからは大いにくつろいでいただければなと思うんです。

今日も、本当に、ありがとうございます（拍手）。

さきほど桜木町で電車を降りましたら、もの凄い、こうね、え～、「桜を見よう」という、「久しぶりに表に出て楽しもうじゃないか」という方でごった返しておりました。えー、若いカップルで、お花見に行くんでしょうかね、コンビニでお弁当買って、ケンタッキーでチキン買って出掛けるんでしょうけども……ぼくね、花見に行って、こういう女性とは絶対付き合いたくないという女性がいるんです。

それはどういう女性かというと、別に顔でも何でもないですよ。性格でも何でも。性格なんかそんなにすぐにはわからないですからいいんですけども、花見に行って、例えばファーストフードのゴミをその辺りにあるゴミ箱にポイと捨てる女性。これを見た瞬間に、もう絶対この女性とは付き合いたくないと思いますね。それはやっぱりね、自分の家へ持って帰るべき。そういう女の人だったら生涯付き合いたいと思います。あのー、ぼくと付き合ってる人はね、幸いにしてそういう人はいないんですよ。何故かというと、ぼくがゴミを家へ持って帰りますからね（爆笑）。

花を見てるのか？　何を見てるのか？　よく分かりませんけれども、でもああやって、お花を見てワッとね、元気を出そうじゃないか。それがやっぱり、日本人の一番の元気の源だと。ずーっと我慢していた冬から春に向けての、芽吹きの季節でございまして。

芽吹くといえば、男と女。今日もカップルがたくさん出てるようでございますが、何となく、花はあくまでもきっかけ、御膳立ての部分でございまして、お花を見に行くといいながらも、それが本題ではございません。何とか上手くいけばいいななんて、いつ手をつなごうかしら、夜になったらどこで何を食べて、キスぐらい出来たらいいなぁなんて（笑）、そんなことがずーっと頭の中、心の中に渦巻いてるようでございまして……。

震災の日

二〇一一年四月一〇日　横浜にぎわい座「天下たい平」Vol.44
演目当てクイズ【第13問 難易度B】のまくら

路地を歩いていて、町の中に三味線の音が響いていたり、物売りの声が聞こえてきたり、何か平和だなというふうに思いますよ。

落語の世界なんかではね、「先々の時計になれや小商人」なんていってね。時間がわりになれるのが、いい小商人って意味ですが。「豆腐屋さんが来たから」「魚屋さんが来るよ」「だからそろそろ三時だね」「五時頃だ！」なんて。

ここ一ヶ月近くこんなに落語を聴いたことはありませんでした。ま、お家にいる機会もたくさんありましたので、家でずーっと落語を聴いていて、「ああ、この落語の中の暮らしが、幸せってやつだよなぁ」と。

幸せの尺度というのを、特に日本人は、ま〜、日本人はというよりも人間は、高め過ぎてしまってね、もっともっと幸せになろうなんて、その幸せが誤った、間違った幸せの方に向かっているということが、この原発の事故であらためて、う〜ん、本当に人間らしく生きる幸せって何だろうって。

だってそんなことも何も関係ないわけでしょう？　ねえ？　大きな事故といったら、火事、それから雷、地震もあったかもしれません。あとは喧嘩、こんなところでもって、一度にもの凄いたくさんの人が苦しんだり悲しんだりなんていうことは、無かったわけでしてね。え〜、そういう時代の本当の幸せ、そっちの方が生き生きと生きている感じがしましてね。えー、長閑《のどか》に長閑に暮らして。

わたしは、羽田空港で地震に遭いまして、もの凄く怖かったですね。第二ターミナルという所で富山に行こうというので、搭乗手続きをしようと思ったら、グワーッと来まして、もう聴いたことがないようなね、横浜も凄かったですよね。グワー、もの凄い、ガッシャン、ガッシャン、ガッシャンといって、全面ガラス張りですから、どこに逃げてもガラスが降ってくるんじゃないかと思って、もう生きた心地がしませんでした。

で、何百人の人たちが出口に向かってワーッと走りだして、うわぁ、これは大変だと思って。でも仕事がありますから富山に行かなければいけない。情報がまったく入りませんからね、羽田空港はラジオとか流してくれればいいんですけども、何の情報も入らない。

で、ワンセグ見てるとね、どんどん電池が無くなってしまう。家族にも連絡が取れなくなってしまう。その狭間でね。連絡も情報も入らない中で、夜の八時ぐらいまで待ちましたけど、もう無理だっていうんでね、お家へ帰ろうと思ってタクシー乗り場で、何時間も並んだんですけども、あと二時間ぐらいかかると言われた。夜中の〇時になってしまったので、今度は毛布を借りる列に並び替えて、毛布をもらって、空港のフロアーの所に毛布敷いて寝たんです。女のマネージャーがいましてね、山下さんという、何か恵比寿大黒みたいな顔をしてる人が（笑）。でも、やっぱ女の子ですね。

「あぁ、怖かった、すごい怖かった。師匠と一緒でよかったです。もし私一人でこんなところに出くわしたら、どうしたらいいかわからなかった。師匠と一緒でよかった」って言ってですよ、「ああ、そうか」って思いながらね、で、その緊急用の毛布を並べて敷いて、「じゃあ、ここで朝までいよう」って言って並んでね。でもなるべく上がガラスでない所に敷いて、

「よかった、師匠がいてくれてよかった」

って言って、

で、ゴロンって横になった途端に、おれに完全に背中を向けて、向こうを向いて寝てましたからね（笑）。どういうことなんだと思いながら。

「でもあまり近いと恥ずかしいじゃないですか」

って、まー、それはそうだなと思いますけど。ま〜、命があってよかったなと。うちの息子はバスの中で地震に遭いまして、千駄ヶ谷まではバスが着いたんですけども、もうそこから、家は中野ですからね、帰ることが出来ないし、歩いて帰った経験もないんで、途方に暮れてるときに、一緒にバスに乗ってた人が凄くお優しい方で、自分のご主人の車を呼んでくれて、車が来るまでも何時間もかかったんですけど、一生懸命その間にうちの息子を説得してくれたわけですよ。

「こういうことになっちゃったから電車も動かないし、公衆電話のところはもう何百メートルも並んでいてとても無理でしょ。だからおばちゃんが、あの、車に乗せてあなたのお家まで送って行くから」

って。あのね、どれだけ日常の中での教えが大切かということを、あらためて思いました。

おばちゃんがね、「緊急事態だから車に乗せてあげる」って言ったら、うちの小学校二年の息子ですよ、

「知らない人の車に乗ってはいけないと、親から言われています」（笑）

もう教育が行き届いてるというのは、こういうことですよね？　それでも一生懸命、説

得してくれてね。

「いや、そういうこと言ってる場合じゃないの。いい？　もうね、ここにいたら本当にね、凍え死んでしまうし、もういつ帰れるかどうかわからないからね、あの、おばちゃんの車に乗りなさい」

って、もう一生懸命、一時間近くそのご主人の車が迎えに来るまで説得して、じゃあ、乗ろうという気持ちにどうやらなったみたいなんですけども。

で、結局ね、うーん、四時半に千駄ヶ谷をスタートして、家へ着いたのが午前一時ですよ。中野までね。普通だったら二〇分なのに。皆さんもそういう経験なさったと思いますけども、夜になっちゃったでしょう。九時ぐらいになっちゃって、何も、お昼から何も食べてないもんですから、もう、とろとろ、とろとろしか、進まないような車の大渋滞の中でコンビニがあったので、コンビニで肉まんをその方が買ってくれて、「肉まん食べなさい」って。え〜、見ず知らずの方に優しくしていただいて、本当にありがたいことだと思って。

家族でずぅーっとご飯を食べたりして、一週間ぐらい毎日ぼくも仕事がキャンセルになって、こんなに一緒にいることないなと思ってたら、まったく楽しくないんですね。え、何で楽しくないのかなと思って気が付いたときに、この小学校二年の息子が、駄洒落を言ったんですね。そのときに家族でワーッて笑えたんですね。「笑うって、こんなに幸せなことなんだ」ってそのときに思いまして、それからは心を強くして、これはもう、こういう時だからこそ笑顔を作っていくことが大切だと思いました。

まぁ～、落語という芸が出来てよかったな。この芸事というのは、弟子の林家あずみちゃんを観ていただいておわかりの通り、すぐに形になるというものではなくてね、落語もそうですよ。前座から二ツ目、わたしなんかもう二十三年やっておりまして、まだまだこんな段階でございますからね、なかなか芸事というのは上手くならない。でも、その上手くなっていく、ちょっと上手くなったな――なんていう、こういうところがまた堪らなく、お稽古をしていく醍醐味だったりするんでございましょうね。

昔は変なお稽古所がたくさんあったみたいでございまして。すごく純粋なお嬢様が、

「お母さん、習い事始めたいの」

「あら、いいじゃない、始めなさい」

「始めていいかしら？」

「いいわよ、おやりなさい、始めなさい。何を習いたいの？」

「恥ずかしくって口では言えないから、そのお稽古の所まで行ってもいい？　一緒に行ってくれる？」

「いいわよ。あなたがお稽古してくれるなんて嬉しいわ。このあたり？」

「あれ習おうかと思うの、お母さん」

「あらー、よかったじゃない。あなた、『おこと』習うの？」

「え？　お琴なんだぁ」（少し遅れて笑）

っていう話があったそうで。

我が弟子、林家あずみ

二〇一一年六月一二日　横浜にぎわい座「天下たい平」Vol. 45
『金明竹』のまくら

……もう本当にいろんな所に、震災後、優しい気持ちというのが満ち溢れておりましてね。今、居酒屋なんかに行きましてもね、「頑張れ！　東北」とか、「頑張れ！　日本」なんて書いてありまして、「東北の地酒を応援しましょう」なんていうので、宮城のお酒であったり、岩手のお酒であったり、福島のお酒であったりが、並べられていましてね。え～、わたしのお隣のテーブルで飲んでたおじさんたちが、注文するたびに、

「応援するから、宮城のお酒を！」

なんて言って、もうたくさん飲んで、

「何とか応援しなくちゃ！　自分達が出来ることを」

なんて言いながらね、かなり飲みまして、最後はその人が友達に支援されながら帰って

いくという（笑）。両側から支援されて出口に向かう途中で、「頑張れニッポーン！」と言葉を残していきましたけども、「頑張るのはお前じゃないか」と思って（笑）。

あずみちゃんも凄いですよ。今日も出掛けるときに、

「師匠、このターンテーブルは持っていきますか？」

——と言うんです。

「えっ、ターンテーブル？」

「ターンテーブルはお持ちになりますか？」

「うち中華料理屋じゃないんだよ。ＤＪもしてないし、ターンテーブルって何？」

「あ、この、あの、時間割が書いてあるやつです」

「それはタイムテーブルじゃないかな」（笑）

そういうの普通に言うんですよ。凄いでしょう。

自分も前、言ったと思いますけども、

「師匠、草鞋《わらじ》を出しておきました」（笑）

て、草履《ぞうり》じゃないかなって。何でおれを旅に出すんだ（爆笑）？　って思うんですよ。訳がわからないですよね。あの、一緒に空港に行って、検査場ってのがあるでしょう。あのピンポンって鳴る所ですよね。あの検査場を、あずみちゃんがずーっと探しててね。

「あ、ありましたあちらです。審査会場は」（笑）

って。おれはオーディションに出るのか（笑）。もう訳がわからないですよ。ちょっとやっぱりおかしいですよ。あのねぇ、ま、顔がね、意外と可愛らしい顔だから普通に見えるんですけども、あのぅ、かなりねぇ、ちょっとおかしいです（笑）。家にね、ジューンベリーっていうね、ブルーベリーみたいな木があるんですよ。でね、凄く完熟しちゃってて、で、落ちるはずの実が落ちてないんですよ。

「あれ？　意外と落ちないもんだね」

と言ったら、「落ちないですね」って答えたんですけど、舌がもう凄い色してるの。あいつが鳥以上に食べてたんだと（笑）。「落ちないですね」って言ってるのが、もうベロを見せないように喋ってるんで、永六輔みたいに、

「でんでんおぢでないですね」（爆笑）

――って。そういうのがまかり通ると思ってるのが凄いですね。

ですが、良いものは持ってるんでございます。素質はね、天然ものですから。それが開くかどうかなんですよね。問題は。

さりげなく筋肉を褒めたい

二〇一一年六月一二日　横浜にぎわい座「天下たい平」Vol.45
演目当てクイズ【第14問 難易度C】のまくら

最近は高座にこうやって湯飲みを置かせていただいておりまして、最初の頃は飲むきっかけがなく、ただ置いたままで最後まで一度も飲まないということが多かったんですけども、何とか飲まなければいけない。え〜、それはちょっとねぇ、一ヶ月ぐらい前の『笑点』をご覧になった方は気付かれたと思いますが、もう声が出なくなってしまいまして耳鼻咽喉科に行きました。何であれ「耳鼻咽喉科」っていうんですかね？　もう少し違う名前を付ければいいのにと思うんですけども、「じびいんこうか」ですよ。まぁ、その耳鼻咽喉科に行ってまいりまして、

「どうやったら治るでしょうか？」

て訊いたら、

「お喋りをやめてください」(爆笑)

と、お医者さんに言われました。

「それは商売柄ちょっとキツイです」

と答えると、

「うーん、それはそうですよね、落語家さんですもんね。じゃあ、こうしましょう。無駄なお喋りは極力やめましょう」(笑)

——と言われました。どこまでが無駄なのか、どこまでが無駄じゃないのか、その線引きも出来ないもんですから、「難しいです」と言ったら、

「そうですね、じゃあ、五分に一度ぐらいは何とか、口に水分を含んでみてください」

なんていう風に言われまして、こうやって湯飲みを置かせていただいてるんですけどもね、なかなか難しいですよ。

あの〜、こうやって湯呑を見てしまいますと、みんなが飲むのかなって、何が入ってるのかなと思ってしまいますからね、もういちいちあさってのほうを向いて、全然関係ない話をしながら、こんな風にして(笑)、たしかこの辺りに湯呑があったはずだがなんて、見ないで湯呑を持つのが実に難しい。

歌丸師匠は、もう何年もずっとこういうところに湯飲みを出されてますから、すごくお

上手にお飲みになりますよ。

話はかわりますが、ちょっとこのところ、食べ物を美味しく食べられません。少し太ってきてしまって「よくないなあ」なんて思い始めたのがここ一、二カ月でございまして、何とかしなくちゃ、夏までにちょっとTシャツが似合う男に（笑）、もう一度戻ろうじゃないかって思って、近所に、ボディービル専門のトレーニングジムがありまして、プールは無いんです。ですから、そういう系の人たちが集まってるトレーニングジムがある。

まぁ、近いのでね、たぶん、一駅乗って行ったりすると、これは続かないって自分もわかってますんで、自転車でも五分ですから、歩いたって七、八分で行けますんで。

よくわかんないですね、自転車で五分で歩いて七、八分って（笑）。自転車で五分だったら歩いて一〇分ぐらいなんですけどもねえ。

そこに行ってるんですけども、あのぅ〜、ぼくは落語家でこういう髪型をしてる。その世界で、すごく誤解されやすい髪型らしいんですね（笑）。で、もの凄く、ガーッと腹筋トレーニングやって、「三〇、三一、四〇」ってやると、ここにウットリとした角刈りの男がいるんですよ（爆笑）。どうやらぼくを見ていたらしい。

「わからないことがあったら、何でも言ってねぇん」（笑）

「ああ、そういうところなんだぁ」なんて思いながらね。

凄いですよね、ああいう方っていうのは。トレーニングコーナーとこっち側にはスナックコーナーみたいな、ちょっとプロテインを飲みながら、お喋りが出来るようなテーブルがあったりして、もうそこであれですよね、もう延々、上にTシャツも着ないで、裸でここに、あの茶色い凄いベルトね。で、あれを巻きながらテーブルに角刈りの男が三人いて、相手の身体を触ったりして、「いい胸筋《きょうきん》じゃなーい」（笑）とかって、凄いなぁ。「第二何とか筋《きん》から、ここの僧帽筋《そうぼうきん》、僧帽筋から流れるフォルムがいいわよ」（笑）とかって言って。そうするとそのもう一人の角刈りの凄い男が、「お前だってよお、階段上ったときによぉ、見えるヒラメ筋《きん》が堪らないぜ」（笑）ヒラメ筋ってどこなんだ？　と思って、おれもついつい話に引き込まれたりして（爆笑）。ヒラメ筋というのがどうやら、アキレス腱の上のこのふくらはぎの、あそこがたぶんヒラメみたいな形なので、ヒラメ筋っていうんでしょうね。

だから気持では、この世界に入りたくないって思っていながらも、何か専門用語についつい引き込まれていって、何かお友達になりたいって思っちゃうんですよね。だからそろそろ、ぼくが楽屋とかで、タンクトップを着るようになったら、ちょっと注意した方がいいなと（笑）。ぼくも何かそんなふうに素直に人の筋肉を褒められるような人間になりたいなぁなんて思ってるんです。

なかなか難しいですよね。こう、人を褒めるっていうのはね。どうしてもやっぱりそこは、絵空事であったり、付け焼き刃でございますから、何か嘘が見えてしまう。そうすると逆に相手に敬遠されたりしてね。ですから、自然に本当に「ポン」と肩を叩いて、「いい筋肉ですね」なんて言えるように早くなりたいと思う今日この頃。

便所に無駄な電気を使うな

二〇一一年六月一二日　横浜にぎわい座「天下たい平」Vol.45
『厩火事』のまくら

林家あずみが貪るように食べていたジューンベリーというブルーベリーみたいな、ラズベリーみたいな（笑）、桜みたいなお花がちょっと、桜よりも遅れて咲きましてね。で、今は、もう凄いたくさん実がなってるんですね。

で、ポトポトと実が落ちて、あずみちゃんが食べてても、やっぱり追い付かないぐらい落ちてきてしまうもんですから、「これはもったいないな」と思ってインターネットを調べたら、どうやらジャムになるらしいというので、出来るかも知れない、挑戦しようと思い立ちました。ジャム作り、生まれて初めてです。凄いですね、インターネットって。何かインターネットを見てると、いろんなものが出来ちゃいますね。

で、ジャムの作り方っていうのが載ってました。簡単なんですね、ジャムね。ただコトコト煮てお砂糖入れて、またコトコト煮て、最後はレモン汁をちょっと入れて、煮沸《しゃふつ》した瓶に、ドボドボ入れるだけなんで、意外と簡単だなと、ジャム作りも暑いけど、客席も暑いですよね。わたしの所も、凄く暑いんですよ。見えないところに扇風機が二つ置いてあって回ってるんですけど、殆ど意味が無いんですよ。この辺で、風が届く手前で、落ちていく感じなんです。だから凄く暑いんですね。

だけどですよ、これだって、節電対策でしょう。話はそれちゃいましたけども、節電、今日の朝日新聞なんか見てると、原発が今止まっていたり点検してたりして、動いてない所が多かったり、また秋に止めて点検する所とかいっぱい出てくると、電力供給が少なくなって来るっていうんでね、三〇％ぐらい電力供給が今までと比べて減るんじゃないかってときに、与謝野（当事・経済財政担当大臣）さんっていう大臣が言ってましたね。

「江戸時代の生活です！」

――なんて言ってましたよ（笑）。おかしいでしょ？

江戸時代は、電気なんかないんですから（笑）。平賀源内しかないんですからねぇ（笑）もうよくわかんないんです、言ってることがね。そんなにね、心配することないですよ。わたしもそんな風に言われたんで、心配だから調べてみましたけども、そんなにね、遡りません。三〇％節電すると、どのくらいの時代に戻るかというと、七〇年代の後半から八〇年代前半にかけての電気量だと思ってください。そしたら大したことないでしょう？　今、無駄な電気が使われ過ぎてるんですよ。誰も乗ってないエスカレーターが、一日中ずーっと動いてたりとかね。ああいう無駄がどんどんなくなって、いいんじゃないですか？

まぁ、そこまでね、社会的な事例にしてしまうとわかりにくいと思いますよ。じゃあ、お家の中で考えてみると、便所。あのね、これ二〇〇〇年に入ってから便所で使う電気量が一気に増えたんです。七〇年代後半なんて殆ど便所なんか電気を使ってなかったんですよ。六〇年代なんかもう更に使ってない。上に木のタンクがあってね。もう水力だけでガッてやると、ドボーっと、もうすべて重力に頼ってる（笑）。もう電気なんか元々使わなかったんですよ。だって汲み取り式なんか、もう更に最たるものでね、むしろガスで発電が出来る。何も電気使ってなかったところが便利になっちゃって、どんどんどんどん便所に電気を使うようになっちゃってるわけでしょ。

だから七〇年代後半に戻るんです。今の便所は凄いでしょう。立派な便所になると、ドア開けただけで、おれのことがお前、わかってるのか？　何で便器にそんなおれの心の中を見透かされてるんだっていうぐらいに、ドアを開けただけでパッタン、パッタンって、蓋が二枚開いたりするんですよ（笑）。で、二枚はいいんだって閉めると、またパタっと開いたりする（笑）。もの凄い何か強制的にさせられそうな感じがして。あれ一日中、センサーが電気を使って動かしている。ああいう電気が無駄なんですね。だって自分で、パカッてこうやって開けばいいだけでしょう。ああいう電気を削ればいいだけだから、大したことないんです。

それから便座ヒーターなんて、あんなのも七〇年代の後半にはまだ無かった。無くていい、七〇年代後半頃の生活が一番いいんですよ。だって便座が温かいなんて、あれ何ですかね？　いつの頃ですかね？　便座が温かくないとみんなが満足出来なくなったのは。恐る恐る座って、「ああ、良かった」なんて言ってね（笑）。

あれ不思議ですよね？　同じ温かさなのに、前の人が座ってた温もりだと（笑）、何か、こう、残りのぉ、何かぁ、うわぁー（笑）。どこに違いがあるんです？　逆におかしくないですか、人のぬくもりの方が、原理がわかる。電気で温めるって、何となくしか原理がわからないでしょ。それが何で、人の温もりは気持ちが悪くて、電気で温めたのは気持ちがいいんですか（爆笑）？　よくわからないですよね。

便所はねぇ、物をいろいろ使い過ぎ。除菌クリーナーとかもういいでしょう。そんなに汚いですか？　もう何かそういうやつに限って、シュッシュッシュなんてやって、除菌クリーナーで一生懸命、便座とかを拭いてますけども、「お前のケツにかけて拭いた方が早いんじゃないか」(笑)と。「お前のケツッペタの方が汚いだろう」(笑)と思ったり。「やり終わった後にちゃんと拭いて帰れよ」(笑)と思ったりするんですけどもね。だからね、もう取るに足らないことですよ。三〇%の節電なんて、そんなに心配することありません。

古典落語のサゲについて考える

二〇一一年八月一四日　横浜にぎわい座「天下たい平」Vol.46
新作落語『打ちあけ花火』のまくら

え～、先ほどは『千両みかん』という落語を聴いていただいたんですが、まあ、その時代、時代によって、サゲというかオチでわからなくなっているものとか、いろいろとあるので、今の時代にあった自分なりの解釈したいなと思うんですね。

大学時代、落語に目覚めてから、「わぁー、凄いな」と思ったのが枝雀《しじゃく》師匠で、その後、枝雀師匠の師匠は誰なんだろうと思って、訊いてみましたら、米朝《べいちょう》師匠で、米朝師匠の『千両みかん』を聴いて感激して、また、枝雀師匠の『千両みかん』を聴いて、「わぁー、こんなに、同じ話がハチャメチャになって楽しくなるんだ」って思ったんですね。

で、落語の数あるサゲの中でも、かなり好きな方のサゲが『千両みかん』でございまして、今日やったサゲは、オリジナルのサゲなんですね。本来はあそこで三百両、五十両って言って、番頭さんはいなくなってしまうんですね。あまりにも悲し過ぎないですか？

「いいんですよ。それが落語だ」っていう楽しさもあるんです。だけどね、だいたいね、八歳、九歳、十歳ぐらいから丁稚から奉公にあがって、三十前後で三百人に一人ぐらいですね、暖簾分けをしてもらえるという、もうエリート中のエリートなんですよ。そうやって二十年近く我慢して我慢しての暖簾分けで、みかん持っていなくなっちゃうんですよ。二日ぐらいすると気が付くわけですよね、みかんが腐って、「おれの人生は何だったんだろう」と、まぁ、思う。

それが落語のスペクタクルであり、楽しみでもあるんですが、ちょっと悲し過ぎるなと思いまして、折角だったら、救いのある落語も出来ないかなと思って、普段は違うサゲでやってるんですが、今日は、自分でこしらえた新しいサゲで、旦那さんがあそこに三百両を、え、プラスして渡してくれるなんていう、ちょっといい話に、ま、出来ないかな？まぁ、それが、好きか嫌いかは、別にしましてね、そういう解釈を加えながら、どっちが正しいんだろうとか、どっちが落語としていいだろうということ、演ってみない限りはわからないわけですから、そんなことをやっております。

夏のこの時季、『たが屋』という噺をよくやるんですけども、あれも昔は、お殿様の首がちょん斬られてスポーンと上がって、

「上がった、上がった、上がった、たぁーがぁ屋ぁー」

と言うので終わりだったんですけども、これも時代時代で違いましてね、江戸時代、お侍さんが、寄席にいる時なんかには、「たが屋」がそのまま斬られるんです。で、たが屋の首が上がって、「たーが屋ぁー」でサゲる。寄席に、「たぶんあの人はお侍さんだろうな」なんて人が来ると、スポーンとたが屋の首が斬られちゃうんですね。そういう時代が過ぎて太平の世の中で、侍さん達のこと、ちょっと胡散臭いなと思っている時代になると、今度は、お侍さんの首が、スポーンと上がったりするんです。

今ね、いろいろと、戦争の映像とか「ユーチューブ」とかを見てると、スパーンと、首が、なくなってしまうような、そんな映像とかを見て、それから、「たが屋」を聴くとどうも生々しくなって、誰も死なない「たが屋」が出来ないかな？　なんて思って、わたしの場合は、峰打ちにしてね、で、最後はたが屋をみんなで胴上げして、たが屋の体が宙に浮いて、「たーが屋ぁー」という風にしたら、誰も死なずに、楽しいハッピーエンドで終えられるんじゃないかな？　と考えたわけです。

まあ、でも、それも演ってみて、お客さんが「そんなところまで落語は気を使わなくていいよ」と仰る方もいますし、そういう新しい解釈があって、「誰も血を出さなかったので楽しく笑えたよ」なんて思ってくださるお客さんもいますし、まあ、それは演ってみないとわからないんでございますね。ぇぇ〜、頭で考えていても、これも進まないことですし、お客さんの前で演ってみて、初めて、自分と落語とお客さんとの間に化学反応がおきて、新しいものが生まれる。自分なりの落語というものが少しずつ出来てくると「面白いなぁ」なんて思って、演らさせてもらいました。

ぼくは、ギャンブラー

二〇一一年一〇月七日　横浜にぎわい座「天下たい平」Vol.47
演目当てクイズ【第15問 難易度B】のまくら

まだまだだね、本当に野田（当事・首相）さんには、もっと頑張って欲しいですよ。あれを見るとね、もう幾ら お金があっても足りないですよ。瓦礫……。バスで一緒に行った方も、そうだと思いますけれども、意外に石巻の市内に入りましても普通の生活をしてるんですね。イオンなんていう大きなショッピングモールなんかも普通にやってますが、門脇地区というね、本当に酷い所が、海沿いのところは、本当に見るとびっくりするようなところで、未だにですよ、半年たって、その石巻の商店街、メインストリートですよ、このメインストリートの信号機もまだ付いていないんですね。お巡りさんがまだ一生懸命、交通整理をしているような、そんな現状でございました。

本当にね、わたしも、あの孫正義じゃないですけども、あのぐらいのお金があればなぁなんて思うんです。でもね、自分で出来ることは、コツコツやりたいな。それでも、何か役に立てないかなぁなんて思って、わたくし、いつも、あの、「TOTO BIG」というくじを買ってるんですね（笑）。サッカーくじでございまして、当たると何と六億円なんです。六億円ですよ。六億円というのはどのくらいかというと、五億円よりも多いということなんです（爆笑）。

でぇ〜、それをもらえるんで、わたし、毎週買ってるんです、一〇口ずつ。ぼく、趣味殆どないです。趣味は、今、そのTOTO BIGしかないんです。もしも当たったら、本当に、あのぉ、半分は全部（笑）。半分ですよ、すみません。半分は全部っていう言葉がおかしいですよね（笑）。あのぅ、本当に石巻にボーンとぼくはプレゼントしたいというような気持ちはあるんですが、実際に当たるとどうなるかはわからない（爆笑）。ねぇ〜、缶詰屋さんをまずはわたしが再建しようかなとか、いろいろな計画があるので毎週買ってるんです、一〇口ずつ。一〇口、一口が三百円ですから、三千円ずつですよ。だから、パチンコに行ったりするよりいいですね。パチンコなんか、一度行って三千円なんて、もう、五分も持たないですからね。わたし、一週間持つ趣味が三千円で、そのTOTO BIGなんです。

でねぇ、地震に遭う前もよく言ってたんですよ。ラジオやってるときにね、ラジオ局の若い人たちに、「おれ、当たったら、お前らに三百万円ずつあげて、それから、みんなでもって、熱海とかにワーッと繰りだそう！」なんて言って。

で、今、当選をネットで確認出来るんですよ、番号でね。当たったかどうか確認。いつも、ぼくは確認をラジオ局のスタジオの外でやってると、みんな集まってきて、「当たれ、当たれ」とか言いながら、残念ながら今回は外れてしまいました。また「幸運を何かです」って、必ず残念っていう字が画面に出るんですね。残念っていうのが出ると意外にホッとするんですよ（笑）。

あるときね、当たるわけがないと思って、番号を入力して、照会っていうところを「ポン」と押したら、今まで見たことがない画面だったんです。「当選」っていう字がチラッと見えたんです。みんなが見てるところで、ノートパソコンをバタッてものすごい勢いで閉めましたからね。凄い恥ずかしかったですね（笑）。何もなかったかのように。そうしたら、後ろで、

「今、『当選』っていう字が見えませんでしたか？」

「そんなわけないよ」

なんて言ってね。

ぼくね、ルールを知らなかったんです、当選は六億円しかないと思ってたんです。完全

に六億だと思ったんでバタッと閉めて、

「いや、当選って出ましたよ」

って言うから、

「当たってないよ」

「いや、開いてみてくださいよ」

「当たってないって」

「開いてみてくださいよ」

早弁でのり弁食べるみたいに、画面を両手でかくしながら、ノートパソコンをゆっくり開きました。……当選してました（笑）。

いやぁ、四等とか五等があるんですね。七千二百五十一円当たった（爆笑）。ぼく、七千二百五十一円で、もの凄く人間的にダメな烙印を押された（笑）。バタッと閉めて。なんて、小さい男なんだろうって、スタッフ全員が思ったはずですよ。ですから、今は夜中三時ぐらいに家族が寝静まってから、見るようにしてます。

最近は学習しまして、最初に日本中で誰か当たったかどうかっていう確認をするんです。当選確認っていうのがあるんです。今度ね、ＴＯＴＯ ＢＩＧっていうところを開いてみてください。当選確認っていうのでね、先週のサッカーくじで何と六億が九口も当たってるんですよ。日本中でみんな黙ってますけども、九人も六億を手にしているやつがいるんですよ（笑）。黙ってるでしょう。ぼくがもし当たったら言いますよ、皆さんに。で、このくらいの人数だったら、前の居酒屋の「一ノ蔵」に行って、みんな御馳走しますよ。二階もありますから、みんなで大宴会しましょうよ（爆笑・拍手）。

あそこは「一ノ蔵」っていう宮城のお酒ですからね。あそこで復興支援でじゃんじゃん飲みましょうよ。

そんなことはどうでもいいんですけども、九口も当たってるんですよ。何か、人間って不思議ですよね。当たるわけはないと思いながらも、九口も当たっているんです。昨日も夜中の二時でした。番号入力して、ノートパソコンを半分だけ、開けて。残念でした。六億、本当にね、本当に入ったら、そういう風にしたいとは思うけど、入ったら、どういう風になってしまうのか？　わからない恐ろしさもちょっとありますね。

新作落語について

二〇一二年二月一二日　横浜にぎわい座「天下たい平」Vol.49
新作落語『SHIBAHAMA』のまくら

え〜、大きなところで満員のお客さんが来ていただいたり、また、小さなところで、二〇人ぐらい、三〇人ぐらいのようなところで、若い人の勉強会、こういうところにも誘っていただきまして、昨日は、中野にあります「なかの芸能小劇場」というところでしてね。八〇人も入ったら満員でございましょうか。そういうところに、若手の勉強会のゲストに呼んでいただいたんですね。

楽屋で着替えておりまして、トイレに行きましたら、お客さんのお手洗いの方は今、だいたいウォシュレットが付いていることが多いんですが、どんな立派な劇場に行きましても、楽屋のお手洗いは粗末なんですね。

まぁ、毎日使う訳ではないからでございましょうかね。そういうところに電気代を使ったり、無駄なことはしないということなんでしょうが、意外と粗末なんです。雪国に行かない限り、便座も冷たいまんまですし、ウォシュレットなんかほぼ付いていないんですが、その中野の芸能小劇場は、小屋が小さい割には楽屋トイレにウォシュレットが付いておりまして、「あ、こんな所にウォシュレット付いてるんだ」と、ちょっと嬉しくなりました。

で、用を足し終わりまして、折角ウォシュレットが付いておりましたから、ボタンを押したんですけども何の反応もないんですよ（笑）。おかしいなと思って、コンセントの方も一応、確認しながら便座に座ったまま、コンセントはささってるなと思って、こう、ふた開けて、あの調整のところも全部電源がついてるけど、おかしいな？　押したけど、全然何の反応もないんですよ。最後に、指が折れるぐらい「ぐっ」と押したら勢いよく、出てきたんですよ（笑）。

ああ、出てきてよかったと思って、それで用を足して、そろそろ止めようと思って、止まるのボタンを押したんですけど、これが止まらないんです（笑）。指が折れるぐらい押したんですけども、それでも止まらないんですよ。「もうどうしたらいいんだろう？」と思いますよ。だって、そうでしょう。立ち上がるとバーッと出るんですよ。ぼくのお尻が受け止めてくれているから（爆笑）、何もなかったようにことは洗われ続けていますけど、お尻を離した時点でバーッと、飛び散るわけですから。

あのね、子供の頃の思い出が、昨日の狭いトイレの中で思い出されました。

お年を召された方っていうか、ぼくは四十八ですから、五十代ぐらいの方だったら、おわかりだと思うんですけど、昔、ジュースの自動販売機が出来たときね、今みたいに缶で出てくるんじゃなくて、上にガラスの水槽みたいなのが付いてまして、オレンジジュースが噴水みたいに吹き出していたの、知ってます？

あれで二十円入れると紙コップが、パカッと出てくるんですけども、今みたいな立派な紙コップじゃないんですよ。一〇秒もジュースを入れてると、もうフニャフニャになって持てないぐらいの紙コップが出てきて、これを入れるとジャーッと満タンになって止まるんですけども。

友達と、小学校の二、三年ぐらいですから、悪ガキですから、二十円入れて、ガーンと叩いたら、ジュースが延々止まらずに出てくる。五人の友達で入れ替わり立ち替わり、「もう、もう飲めないよぉ」って言いながら、「あとこんなにあるんだなぁ」なんて思いながら（笑）、それをすごく思い出してしまいました。

本当に途方に暮れて、便所で誰かを呼んでも、みんな落語やってる途中ですし、このまま立ち上がるとバーッと出ますし（笑）、本当に途方に暮れて、もう、それこそガンガンいろいろなボタンを叩いたんです。で、もう一度止まるのボタンを本当に指が二つ折りになるぐらいにガーンと押したら、ようやく止まって、トイレから出てくることが出来たんですけども。本当に大変でした。どこでどんなことになるか？　人生わからないですよね。

その昨日の若い人の会は新作落語、彼は新作を一生懸命作っておりまして、えー、ネタおろしをしておりました。ぼくも若い頃は新作をこしらえていましてね、二ツ目になってなりたて、それこそ春風亭昇太《しゅんぷうていしょうた》兄さんと一緒の会をずっとやって、月に一回ぐらいは新作をこしらえていたんですけどもね、何だかマニアックな新作が多かったですよ。

「おう、どうだ、おめえ、えぇ、東京ディズニーランドっていぅのが、随分流行ってるらしいな？」

「そうなんです。小さん師匠、よくご存じですね」

「おう、ありがとよ。おめえが小さん師匠って言わなかったら、誰の物まねだかわからなかった」（爆笑）

「『笑点』見てると、いろいろな物まねを、『たい平』ってのがやってんだろう」

「いやー、誰だかわからないと思いますけどね、野村（克也）ですよって、野村って言わないと伝わらないですね」（笑）

「おれは柳家小さんだい。自分で言うのは何だけどな（笑）、それもな、死んじまった柳家小さんだい（笑）、いいか。うーん。あんなに客が入るのによ、どうでい、この寄席は。閑古鳥が鳴いてんじゃねえか。良いものは何だって取り入れた方がいいんだ。いいか、だからよ、浦安に東京ディズニーランドなんていうのは（笑）、いい加減だ、おめえ。なあ。浦安、千葉に東京ディズニーランドってのはよ。おれたち江戸っ子の仕事だからな、江戸前のところにこしらえなきゃダメだい。根津《ねづ》だよ（笑）、根津。根津、千駄木《せんだぎ》の根津があるだろう。あそこによ、東京ネヅニーランドっていうのを作るんだい（笑）。どうだ、みんな協力しなきゃダメだぞ」

「何だ、こんなところに、お父さん、ネヅニーランドって書いてある、ここ。」

「落語協会協賛って書いてあるね。へえ、ちょっと入ってみよう。何だろう、これ。あ、凄いよ。ディズニーランドと同じアトラクションがある。『イッツ・ア・スモールワールド』って書いてある。船に乗ってみよう」

チャチャチャンチャンチャン、チャチャチャチャンチャンチャン、チャチャチャチャンチャン。

「あれぇ？　圓歌《えんか》師匠だ。ねえ。あの元『山のあなあな』の圓歌師匠だよね。あっ！　その隣は、嫁が来ない春風亭昇太だ。……『イッツ・ア・スモールワールド』だ！　小さい人しかいないってことか」（爆笑）

チャチャチャンチャンチャン、チャチャチャチャンチャンチャン、チャチャチャチャンチャン。

「今度は何だ。ずいぶんと体が大きな落語家が出てきたぞ。林家源平《はやしやげんぺい》？　三遊亭歌武蔵《さんゆうていうたむさし》？　……『イッツ・ア・相撲ワールド』だったんだ」（笑）

チャチャチャンチャンチャン。

「『ホーンテッドマンション』があるよ。『ホーンテッドマンション』って幽霊が出るんだよね。怖いところだよね。うわぁ～、どんな怖いことになるのかな？　よし、椅子に座ろう」

チャンチャンチャンチャン、チャンチャンチャンチャンチャン。

「あれ、椅子止まっちゃった。幕が開いたよ」

「……恐ろしき執念じゃなあ……まぁーずぅ、これまで」

「あれ、正雀《しょうじゃく》師匠の怪談噺だったんだよ（笑）。お客さん、ぼんやりしてるよ。わからないのかなぁ。ちょっとマニアック過ぎたかなあ」（笑）

「ん？『ミッキーマウスのパレードが始まります』って聞こえてきたよ。よし、じゃあ、一番前で場所取って、ミッキーマウスのパレード、すぐ近くにミッキーマウスが通るのかな？」

「♪　三味線の三の糸ほど苦労をかけて、いまさら切れるとは罰当たり、ハッ」

「お爺さんが三味線持って歩いてるだけだよ。……三亀松（みきまつ）のパレードだったんだあ」（笑）チャンチャン！　なんてね。

そんなのばっかり作ってたんです。聞いてもらった通り、落語を知らない人は、ぼんやりするような新作落語。今も半分以上の方が、ぼんやりされておりました（笑）。新作というのは、マニアックなところには受けるんですが、万人に受ける新作をこしらえるとなると、まあ、本当に百本作って一本、生涯出来るような噺になるんでございましょうね。

新作は自分で考えますから、このお稽古の仕方というのも違ってまいります。古典落語といわれてるものは、口移しでございますから、師匠に稽古をしてもらって、まずはそれを覚えるというところから始まる。はあ……なかなか覚えられませんね（笑）。

正直者が損をしてはいけない

二〇一二年二月一二日　横浜にぎわい座「天下たい平」Vol. 49
演目当てクイズ【第16問　難易度B】のまくら

日本の貿易収支で赤字が出たというのは、三十一年ぶりのことだそうでございますね。あれほどメード・イン・ジャパンであるとか、日本の技術が素晴らしいというようなことを言っておりましたが、テレビでは今サムスンであるとか、台湾の企業とかにまた抜かれてしまう。中国の方も台頭する。ヒュンダイなんていう韓国の、自動車メーカーにも、あっという間に迫られてきてしまっているようなところでございまして。

明治維新、官僚制度が日本はございませんでしたから、そういうものを作ろうということで、イギリス人、スコットランド人なんていうのがたくさん入ってきたそうですね。その中で大学を卒業したてで、まだ二十五歳という、本当に若者、青年であったヘンリー・ダイアーは、大学の先生に呼ばれて、

「お前はこれから日本という国へ行って、工学を広めてくるように」

――と、命じられたんですね。工学というのは工学部ですね、工業の工、工学部。今の日本では工学部、優秀な工学部がたくさんございますけども、その礎を作ったのはこの二十五歳のスコットランド人なんですね。右も左もわからない、どうして広めていいか、教えていいのかもわからない中、手探りの状態で始めたんです。

産業革命という、あのイギリスの革命は二百年かかったそうです。日本は何と同じことを三十年でやり遂げたそうですね。このスコットランドの青年、後々自分の人生を振り返ったときに、「日本人はこんなに素晴らしかった」と語ったそうです。これは勤勉だということもございますし、ただただ勤勉なだけでは、こんなに素晴らしい偉業を遂げることは出来なかった。もっと何かがあるんじゃないか？　と思って、いろいろと研究をしましたら、日本人の心には武士道というものが流れて、恥の文化であるとか、人からそういう風に見られてはいけないと教えられた文化、嘘をついてはいけない、正直に生きなければいけない、そういった武士道という文化があったからこそ、これだけ日本は素晴らしい進歩を遂げたんだ――という風に、そのスコットランド人は語っているようでございます。

やっぱり正直が一番でございますね。今、嘘つきな政治家ばかりですから、少しはこのスコットランド人の声を聞かせてあげたいぐらいでございます。ねぇ？　言葉一つ取っても本当に嘘が多いですよ。冷温停止状態なんていうね、あれだって嘘でございますよ。冷温停止だったら、冷温停止でこれでよかったんですけども、冷温停止にはなってない。福島の原発の二号機だって、今日は少し温度が上がっている。ですから、冷温停止でもないんですね。冷温停止状態なんていう、これも嘘つきですよ。ええ。

もう全部言葉の嘘。そういうものばかりでございます。正直者が損をするような、そんな時代ではいけませんね。

やっぱり、桜は立派だと思う

二〇一二年四月八日　横浜にぎわい座「天下たい平」Vol. 50
『七段目』のまくら

桜は長く長く、四十年、五十年と咲き続けて、あの、今年、あらためて見ていたんですけど、こう樹齢によって、本当に咲き方というのが違いますね。まだまだ若い十年にも満たないような桜というのは、何か恐る恐る、こんな感じかななんて思って、このぐらいでいいのかな？　なんて思って、こう恐る恐る咲いているのがよくわかりますね。これが二十年ぐらいの青年、ねっ？　成人を迎えた木になりますというと、「これで、どうだ！」っていうかね、若さの張りが、ぴちぴち感が、みなぎっておりますよ。

それが老木になってくると、四十年、五十年、いぶし銀の味というのが出てきて、咲くだけではなくて、こういう風にわびだとか、こういう風にさびだとか、「おれだけの咲き方があるんだぜぇ」みたいな、何かそういうものがあるんです。桜の花だけを見てるとわからないものがその樹齢によって、感じるようになりますよ。今日もお帰りのときに見てみてください。

「ああ、さすがにやっぱり人間が年を重ねるのと同じだな」――という風に、それぞれの味わいというものが、まだ若いときにはないです。やっぱり年を取ってくると、その味わいというものが出てきて、「これは落語に何か通じるものがあるな」なんて思いながら、五十年たった時の自分の枝ぶりというのは、どういう枝ぶりをしているんだろうとか、六十年たったら、こっちの枝をもっと伸ばしてみたいなとか、そんなことを考えながら、今朝、神田川沿いをお花見しながらブラブラ歩いて、感じさせていただきました。

それにはやっぱり長生きしないといけませんからね。歌丸師匠を見習って、こちらの館長でございますよ。昨日、言ってました、『笑点』の収録で。あと五十年司会者をやるって言ってました（笑）。現在、七十五歳でございますから、どういうことなんだろうなと思いながら（笑）。

でも、大丈夫ですよ。今、え～と、日本人が、世界で一番の長老は日本人かな？　百十五歳ぐらいのおじいちゃんですかね？　だから、七十五で、大丈夫ですよ。だから……そういう……まっ……五十年は無理だと思うんですけどもね（爆笑）。

わたしもこの間、健診に行きました。やっぱり、身体が一番ですからね、体が何よりですから、健診に行ってまいりましてレントゲン車に入りました。

そうしたら、気が付いてくださったんですね、レントゲン車のレントゲン技師の方が。普通だったら、胃のレントゲン撮影の台に乗って、こんな風にバーを手で持って、で、こういう風に腰をひねったり、ぐるぐる回ったりして、レントゲンを撮るんですよ。

レントゲン技師が小さい部屋にいて、マイクを通じて、

「はい、息止めて」

「はい、右へ二回、回ってください」

「はい、左へ二回」。「えー、右の方ちょっと斜めにして、はい、そのまま息止めましょう」

「はい、はい、今度は左」

なんて、こういう風な会話なんですよ。

で、「林家たい平」だってわかったんですね。最初に発泡剤を飲みましてね。顆粒のを飲んで、小さいお水があって、それをクッと飲むと、中でコココココッて発泡してくるんです。で、

「ゲップしちゃいけませんよ」

って言われて、そのままバリウム飲みます。「ゲップしちゃダメですよ」って何回も言

われると、もの凄くゲップしたくなるんですよ（笑）。

でも、我慢しながら、レントゲン台の上に乗って、早く終わってほしい、ゲップが出る前に早く終わってほしい――と思ったら、

「たい平さん？『笑点』でしょう？　見てますよ。はい、右へ二回、回ってください」（笑）

わたくし、言われるまま回りましたよ。

「はい、そのまま息止めて」

ゲップを我慢して、息を止めました。

「山田君とは本当に仲悪いの？」（爆笑）

ずっとマイクで質問してくるんですよ。答えるとゲップが出てしまうので、ずっと黙ってたんですけど、もうどうにも我慢ができなくて、「山田さんとは仲がブッ」って出てしまって（笑）、結局、また発泡剤を飲まされることになったんです。

まぁ、健康第一ですよ。健康第一になるのはね、健診も大切かも知れませんけども、楽しいこと、自分で楽しいことを見つけて、その楽しいことに興じる。これがいいですね。

でも、これも程々がいいですね。あんまり楽しいことに、のめり込んでしまうとエライことになるようでして。

一日一食ダイエット

二〇一二年四月八日　横浜にぎわい座「天下たい平」Vol. 50
『愛宕山』のまくら

今やってるといえばね、わたくし、一日一食ダイエットっていうのをやってましてね。あの、空港で見つけたんですよ。「『空腹』が人を健康にする」とかいう。あ、読みました？　腹が減ると長生きが出来るっていう、そういう本なんですよ。

それを読みましたらね、確かにそうだなと思います。皆さんもそうじゃありませんか？　ぼくは早起きなので、朝六時半に起きてますから、もう七時前にはご飯食べちゃうんですね。だから、一二時ぐらいにはお腹が空くんですけども、家の息子なんかは一〇時ぐらいまで寝てたりしますよ、今、春休みですから。一〇時にご飯食べて、一二時にお昼だからご飯食べようって、これ、習慣で昼になったら飯食おうと思うから、飯食べるわけで、別に腹が減って食べるわけじゃないですよね。そういうふうな悪しき習慣になってるんです。

三食食べなきゃなんて思ってるのは、ここ本当に何十年らしいですよ。それこそ戦前だったり、もうちょっと前は一日一食で、みんなお腹がグーグー鳴って、どうにもしょうがないというぐらいなことだったんですよね。それが今はもうこうやって飽食の時代ですから、もう幾らでも食べるものがある。一日三食なんていうのは誰かが決めて、いつの間にか、朝食べて、昼食べて、夜食べるなんていう風に決まってしまったと書いてあるんですよ。

なので、腹が減るっていうのはとても大切らしいんですね。で、腹が減ると脳が刺激を与えて、グーッてお腹が鳴ります。「腹が減ったよ」っていうのを本人に教えるためのシグナルらしいんです。で、この腹がグーッと鳴ってきて、それでも未だ本人が頑張って食べないと、今度は脳の中に「お腹空いた、お腹空いた、お腹空いたから、何かご飯を口に入れよう」っていうふうな刺激が行くみたいで、それから何となく食べたくなるらしいんです。

でもね、このお腹がグーッと鳴ってるときと、「腹減った、腹減った」って思ってるときに、一番生命力が強くなるらしいんですよ。人間が生きなきゃって思うのは、その腹が減ってるとき、飢餓状態というか、そういうときに凄く生きなきゃいけないというものが……ねぇ、書いてありましたでしょう……（笑）。

今ねぇ、もの凄く独りぼっちな感じがしたんですよ。こいつ、何言ってるんだっていう。「お前、本の紹介かよ」みたいに思ったんで（笑）、もう、前の席のお母さんだけが頼りで話をさせていただいて（笑）。そんなことが書いてありましたよね？　ありがとうございます。隣のお母さんまで、頷いていただいてありがとうございます（笑）。

なので、腹が減るってとても大切なんですって。だから、皆さん、今度やってみてください。ぼく、十日たちました、その本を読み始めて。三キロ痩せました。別にね、ジョギングとかもしてません。毎朝、神田川をゆっくり歩いてるぐらいで、まぁ、一日、万歩計を付けて、一万歩以上は歩こうと思ってやってます。

最近、会う人、会う人に、何か、男でも嫌なんですよ、「太ったね」とかって言われるの。女の人だけじゃないんですよ。だからね、凄く傷ついてるので、少し痩せようとベストな体重に持ってこようと思って、頑張ってます。あと七キロ痩せれば、パーフェクトボディーですよ（笑）。

何ですか、その笑いは。何か、無理だろうみたいな、そんな笑いでございますけども（爆笑）。

でも、本能というのが出てくるんです。

何でこんなことをわたし言ってるかというと、さっきは、あのぅ〜、賑やかだったのであまり気が付きませんでしたけども、さっきからお腹がグーグー鳴って（笑）。もう一席の間も、お腹がグーグー鳴ってるのが聞こえるかも知れませんけど、たい平は、生きようとしてるんだという風に思っていただければ、もうそれで十分なんでございます（笑）。

芸界の若旦那

二〇一二年六月一〇日　横浜にぎわい座「天下たい平」Vol.51
演目当てクイズ【第17問 難易度A】のまくら

面白いと言えば、一番最初に出てきた林家あずみ。

よく舞台に、階段がありますでしょう。ぼくたちは階段がない方が演りやすいので、階段を、「どけてしまってください」とか「外してしまってください」っていうのを、こっちの用語で「ワラってください」って言うんですね。物をどかすことを「ワラう」って言うんですよね。例えば、「机がそこにちょっと見えちゃってるので、その机、ワラっちゃってください」とか。で、さっき言った舞台を作るときに、「階段ワラっちゃってください」っていうのを、あずみちゃんも何気なく聞いてた。

で、彼女もまだ二年ですけども、何となくこの世界に、わたしは入っているぞっていうような、そういうところに浸りたいっていう思いが凄く強くてですね、そういう楽屋の符丁っていうのを使いたがってるんですね。で、ぼくはもうマイクのチェックをして、照明だけ見て、帰ろうとしたら、その舞台の人に彼女が話しかけて、
「すみません、この階段洗っちゃってください」（爆笑）
「えー？　洗うんですか」（笑）
「洗っちゃってください」（笑）
「いや、そんな汚れてませんよ」って言ったら、どうやら彼女は彼女なりに、「あ、間違った」って気が付いちゃったんですね。で、次ぎに言ったのが、
「あ、すみません、払っちゃってください」（爆笑）
意味がわからないまま言葉を使ったりなんかしてるんで。意外と、真面目そうなというか、ちゃんとした顔をしているんですけども、まあ、まったくやっていることがトンチンカンで抜けていて、よくわかりませんよ。
まぁ、背負うものがなくていいですよ。伸び伸びしてます。ぼくだって、別に特に背負うものがなければね、伸び伸びしたい。何を背負っているかは、聞かないでください（笑）。
まあ、二代目落語家がだいぶ増えてまいりました。え～、『笑点』の並びで、わたしの隣の円楽師匠の息子さんは一太郎《いちたろう》さんと申しまして、落語家修行中でしてね、真ん中は二代目木久蔵君、凄いですね。一子相伝ですよ。スーパー歌舞伎を中車《ちゅうしゃ》さんが受け継ぐので

あれば、それと同じで、一子相伝、まさに他の追随を許さないお家芸ですよ（笑）。

好楽《こうらく》師匠の息子さんは王楽《おうらく》さんと申しましてね、もう真打ちで師匠よりも忙しくなっております（笑）。だから、そうやってあっという間に親を越す人もいれば（笑）、悩みながら考えて考えて頑張っている人もいるわけでね。え〜、いろいろと面白いもんです。

修行時代のグルメな生活

二〇一四年八月十日　横浜にぎわい座「天下たい平」Vol. 64
演目当てクイズ【第18 難易度C】のまくら

前にも話しました『小松空港』。本当に、愉快なレストランがいっぱいあってね。チーズ頼んだ時もそうでした。

『チーズあり合わせ』って書いてあってね（笑）。

なんて正直なんだろうとね。普通は、『チーズ盛り合わせ』でしょ（笑）？　メニューに、『チーズあり合わせ』って書いてある。

「これ、何ですか？」

笑いながら、

「あり合わせです」

って言って、そしたら本当に『あり合わせ』でしたよ。何か数が足りないチーズたちが、皆、互いに寄りかかってお皿の上に一致団結してる感じの（笑）。

まあ、本当にいろんな所に行って、いろんなものを食べますけど。

今ね、食中毒の季節ですけど、ぼくは全然食中毒にならないです。それは、修行中にいろんなものを、おかみさんに食べさせていただいていたから（爆笑・拍手）。

ぼくは、御飯が糸を引くって知らなかったんですよ（笑）。えっ、知ってます？　今の子供なんか、ほぼ知らないですよ。御飯が饐《す》えるなんて、ジャーの中でカピカピになるくらいは知っているけど、御飯が饐えるって状況を知らないわけですよ。

食べてたら、

「おわっ、納豆が無いのに糸ひくわ（笑）、凄えなぁ、さすが東京の御飯だ」

って言いながら食べてたら、兄弟子に、

「黙って食べろ」って言われて、

「えっ？　何でですか？」

「饐えてんだよ」（笑）

「ああ、そうなんですか」

「食べられるから、食べろ」

本当にそうなんですよ。住み込みで食べさせてもらっているので、勿体ない。ちょっとぐらいは平気だから、「食べろ」って。

　で、食べました（笑）。

お客さんが来た時に、カメラさんとインタビュアーの人が来て、ぼくがお茶を出す係りで、

「たい平君、ほら、この間貰った美味しそうなお饅頭があったでしょ？　あれをお二人にお出ししなさい」

って言われて、大師匠・三平の仏壇のところに、どこからか貰ったお饅頭があったんで、それを台所に持って行って、お茶菓子のお茶請の上に乗せようと思ったら、すごく綺麗なお茶菓子だった。

「わあ、凄い綺麗だな」（笑）

こんな毛が生えたように（爆笑・拍手）。

知らないいんですよ。だから、それをこう二つ盛り付けて、で、竹の粋な楊枝をつけて、

「いらっしゃいませ。どうぞ」（笑）と、お出しした。

で、カメラマンとインタビュアーは、一切こっちを見ないで、ずうっとおかみさんと話していたんですよ（笑）。それにおかみさんが気がついて、カメラマンさんに、

「美味しいから、食べなさい」（爆笑・拍手）
「あ、あああ、すいません。おかみさん」
「何？」
「カビが生えているように見えるんですけど」（笑）
「あらそう。大丈夫よ、叩けば食べられるから」（爆笑・拍手）
偉いですね。叩いて食べてました。もう、モクモクした黄色い煙が、叩くたびにモクモクした黄色い煙が上がりながら（笑）、食べてました。
で、それで終わったと思ったら大間違い。十個入りの二つが無くなっただけ（笑）。残りの八個は、ぼくと先輩に、
「あんたぁ、普通はお客さんに出すお菓子なのよ。滅多に食べられないのよ」（笑）
って言って、四個づつ食べさせていただきました（爆笑・拍手）。だから、どんなことがあっても、何を食べても、中国のナゲットを食べても（笑）、動じない、へっちゃらな身体が出来上がりました（笑）。
ありがたいなあと思いますよ。何でも修行中と言うのは「美味しい、美味しい」とニコニコ言いながら、食べないといけない。これが、修行なんですね。

ですからねえ。その時は苦しかったですよ。そりゃあ、苦しいですよ。あるときなんか、一人で行ってるのに、五人前くらいの舟盛りが出て来て、その他に小皿とか小鉢とか、いっぱい出て来て、

「あとお客さん、何人いらっしゃるんですか?」

って、主催者の方に訊いたら、

「もう、これでおしまいですよ」

三人だけなんです。主催者が二人で、出演者はぼく一人なんです。で、舟盛りは五人前なんです(笑)。

主催者のお二人は、ほぼ食べないんです。だって、接待している人だから。ぼく、沈没するかと思いました、舟盛りと一緒に(笑)。沈没するくらいに、必死でしたよ。いろんな味付けを自分で開発して(笑)、茶碗蒸しの中にマグロを浸けておいてみたりとか(笑)、いろんな食べ方を。鯛を海藻の山の下に隠してみたりとか(笑)。

その二人が見ていない時に、マグロは舟の下に潜らせてみたりとか(笑)。とにかく何とかしなきゃあと思いながら、それでも四人前ぐらいは必死で食べましたよ。

やっぱりねえ、動物でしょ? 動物にとって食べ物は、獲物なんですよね。今はお金の時代だから、お金でモノを買いますけど、昔は獲物だから自分でとって来たその労力に対

して、少しづつ分けてくれるわけでしょ。マンモスの肉なんかも、皆で少しづつ分けて食べるわけです（笑）。

そういう意味では自分が生きるためのモノをあげているわけだから、凄いことなわけなんですよね。だから、平らげると、食べ物を出した方は、凄く喜んでくださいます。

「いやぁ、たい平さん、凄いや。嬉しい。なあ、嬉しい。こんなに食べてくれる方はいなかった。嬉しいね。いやぁ、気持ちが良い。いやぁ、本当にたい平さん、食べっぷりが最高。いやあ、気持ちが良い」

その日の落語のことは、一切褒めてくれない（爆笑・拍手）。褒められたのは、食べっぷりだけでした。でも、そういうところの仕事は、また「裏が返る」と申しまして、「気持ちが良いたい平さんにまた来て欲しい」ということで、仕事がずっとつながっていくんですね。

そういう修行をさせてもらいましたよ。

ある時、師匠と二人でラーメン屋へ。ラーメンはスープまで飲まなきゃいけないから、大変だと思ったんですよ。師匠が食べ終わるより早く、食べ終わらなければいけないんで。猫舌だしね。スープ、これ無理だと思ってね。

「何でも食べなさい」って言って下さったので、

「師匠、今日は久しぶりにチャーハン頂きたいです」って。
チャーハンは、スープがあったってこんなに小さい奴ですから。
「そうか、じゃあねえ、スープ代わりにラーメンも頼みなさい」（爆笑・拍手）
それじゃあ最初からラーメンだけ頼めばよかったたぁ（笑）。

『笑点』五十年と、ネット時代の正義について

二〇一五年三月二四日
第三一八回 神奈川県民ホール寄席「林家たい平独演会」
『ぞろぞろ』のまくらより

わたしは『笑点』という番組に出演して十年目になりますが、あの『笑点』という番組は、今年の五月の十五日で満五十歳だそうですね。凄いですね。

あの五十年というのは、大体どういうスパン、どういう年を重ねるということなのか？　というのを判りやすく言いますと、オギャーと生まれて、大体こういう感じになるのが(自分を指差して)、五十年でございます（笑）。

わたしは一九六四年でございますから、昭和三十九年、実は満五十歳なんですね。ほぼわたしと同じ年輪を重ねているのが、あの『笑点』という番組で、凄いですね。

みなさん『笑点』、どういう風に見ていただいていますかね？　あれ、『笑点』はね、演芸番組じゃないんですよ。

あの～、よく録画をするときに、こっちにジャンルってのが出てまいりましょう？　あそこに「ニュース」であるとか「ドラマ」であるとか、出てきます。『笑点』は、「演芸番組」でも「バラエティー」でもないんです。

『笑点』は、ドキュメンタリー番組（爆笑）。

この間、ちょっと前までねえ、いろんな異物混入なんていうのが、話題になりました。社会ニュースになりました。

あれもどうなんですかね？　ネットの社会ですから、ワアッと思って、これが正しいと正義を振りかざして、ワアッと「あっ」という間に発信してしまう。日本中どころか、世界中に発信してしまう。もう、企業の方だって、防ぎようが無いですよね。

一〇〇パーセント、異物が混入しないのは、無理であるって言う風に、学者の先生方も言っているぐらいですから。

昔だったら、例えば、そういうものが入っていたら、「お客様係」ってところに手紙を書いたりして送って、「申し訳ございませんでした」なんて言って、一箱送って、「これからも、よろしくお願いします」（笑）なんていうので、それで済んでいたのだと思いますよ。

それがネットですから、カアーっとなったら、カアッと直ぐに言葉で発信してしまう。

例えば、ハガキだったら、どうでしょうか？　ワアッーと思いながら書いている。怒りに任せて書いている。で、読んでみると、「うーん、ちょっときついなあ」と思ってね。で、もう一度書き直して、「あ、これだったらいいだろう」と思って、あくる朝になって、ポストに投函しようとして、もう一度読んでみると、「うーん、やっぱり、ちょっときついなあ（笑）、もう一度あったら、これを出そう」なんて、こうブレーキが何箇所かにかかっていたんですね。それがもうブレーキがかからないで、その人がワアーと正義を振りかざして、ワアーと行きますから。

あのハンバーガー屋さんだって、あれ大きい会社ですから、倒産はしなかったですけど、業績が悪化してね。あれ、小さいところだったら、倒産ですよ。倒産ということは、働いている人の職がなくなるわけですね。働いている人には家族がいるわけですから、その家族も極端に言ったら路頭に迷うような……。

そこまで思いをはせているのかなあ――ということが、まあ、ネットの社会ってのが、ちょっと恐ろしい感じがする。

ねえ、テレビ観てて、「ワアー、こんな東南アジアの工場で作ってんのねぇ。ナゲット、衛生的じゃないわ。食べられないわぁ」なんて、皆さんワイドショー観てるんでしょう？

どうですか？　皆さんのうちの台所（笑）。年に数回ぐらいしか掃除しないんでしょ（笑）ねえ、ちゃんと台所に立つときに、ちゃんと白衣とかに着替えるんでしょうか（笑）？　マスクとかしますか？　しないでしょう、ねえ？　パジャマ着たまんま（笑）、昨日から痒かったゴムのところボリボリ掻きながら（爆笑）、洗いもしないでそのまま肉の調理が始まって、今、花粉症ですから、「クシャン」（笑）、「焼いちゃえば大丈夫」なんて、言ってるわけです。

あの東南アジアの工場の方が、よっぽどちゃんとしてますよ。ねえ、まあ、そういうもんだと思います。

人間はちょっとね、自分たちが動物じゃないってところに、勘違いのところに来てますね。奢り高ぶりって言うんでしょうかね？　動物なんですから、別に地面に落ちたって、昔は、ポンポンって叩いて「大丈夫、大丈夫」なんていって、親だって言ってました。

今なんか凄いでしょう？　ねえ？「食べちゃダメェー！」凄いですよね？　あれ、外でもそんなですけど、おうちの中でも「食べちゃダメ！」……どのくらい掃除してないのかって思いますけど（爆笑）。

ねえ、そういうことでしょう？　掃除してればたいしたこと無いんですからね。

なんか人間が上の方に行き過ぎちゃって、動物じゃないって勘違いをおこしているから、あんな風になっているんですかね？

だって、僕たち子供の頃は、トウモロコシ買って来て、剥いたら、ねえ、こう、何匹かいましたでしょう？　虫たちが（笑）。ねえ、で、それお母さんに見せると、「美味しい証拠」なんて言って（爆笑）。そうなのかなあって思いましたよ、それでいいんですよ、ねえ。

美味しい栗だって、こんな大きな栗ですからね、これ茹でて真っ二つに割ると、「もう少し待ってくれれば食べ終わったのに」というようなねぇ（笑）、虫が茹で上がっちゃっているわけですよねえ。これ、虫のお余りをもらっている訳ですから、あぁ、悪いことしちゃったなぁ、申し訳ないって気持ちで。それが「わぁ！　虫が入ってる！」というようなことで騒ぐわけでね。

この間ねえ、僕ね、ラーメン屋に入ってね、ラーメン頼んだら。よくラーメン屋のカウンターを歩いているちっちゃいゴキブリがいるでしょ（笑）？　あれ、何ですかね？　お客が来ると、出てきちゃいますよね（笑）。

「わぁ、お客さんだあ」なんて言って、顔を見に来るわけですよ。チョロチョロチョロチョロね。するとご主人が、「今、出てきちゃダメ！」なんて（爆笑）、心の中でね。そうすると、「あ、どんなお客さんかな？　何を頼むのかな？」って、ずーとこういうところをね。柱の上に昇って見てみたりしているわけですよ。ラーメンが出て来たら、小さなゴキブリが（ドンブリの）中で、死んでるんです。「ちょっと、おじさん、ラーメンの中でゴキブリ死んでるよ」って言ったら、「泳げなかったんだねぇ」（爆笑）だって。

そんなんで、いいんじゃないですか（笑）？　だってそうでしょ、泳げてたら、泳ぎきってるんですから、そこを泳いだこともわからないで、普通に食べられる（笑）。

たぶんそういうところがデリケートになり過ぎちゃっているんでしょうね？　まあ、大雑把で、いいんですよ。農薬を餃子の中に入れるとか、賞味期限切れの肉を入れるとか、そういうのは許せませんけど、あのくらいは人間が一生懸命やっている中での、間違いですから、何とかならないものかな、そんな風に思います。個人の正義でも何でも、正義は振りかざせば、正義同士がぶつかって争いになる。戦争だって国と国の正義がぶつかって起きるんでしょ。

正義というものも、少し冷静になって考えなければいけないな、そんな風に思います。

「天下たい平」五〇回記念の口上

二〇一二年四月八日　横浜にぎわい座「天下たい平」Vol. 50
五十回記念の口上

本日は「天下たい平五十回記念」にたくさんの方がお集まりをいただきまして、厚く御礼を申し上げます。高座《たかざ》ではございますが、五十回の記念、この会を迎えた、わたくしなりの感想、それから、思いを述べさせていただければなと思って、このような形を取らせていただきました。

今日初めてご来場のお客様もいらしゃますが、何とこの中には、五十回休まずこちらに足を運んでくださった方がいらっしゃいます。その方というのは、……わたくしでございます（笑）。ありがとうございます。まぁ、わたしが休むと五十回にはなりません。これは冗談ではございまして、本当に五十回、最初から休まず足を運んでいただいた方が、何人かいらっしゃいまして、今、こうやって会場を見回しますと、その方と目が合って、何となくジーンとするような、そんな思いがございます。

え〜、五十回、この桜が満開の今日、この良き日に五十回を迎えたこと、本当に感謝をいたしております。わたし一人がどんなに頑張りましても、五十回という回数は、なかなか重ねることができません。ひとえにお客様のお力と思っております。厚く御礼を申し上げます（拍手）。

思い起こせば、玉置宏《たまおきひろし》先生とお会いをさせていただいたのがこちらの「にぎわい座」で「天下たい平」を始めるきっかけでございました。玉置先生には、前座から二ツ目になる、そんなときからすごく可愛がっていただいて、最初のきっかけはニッポン放送でございました。

ニッポン放送である方の代演としてパーソナリティーを務めていたときに、「ラジオだから別にいいんだよ」って言われたんですけども、わたしは着物で、ラジオを演っておりました。そこをたまたま玉置先生が通り掛かって、

「いい了見ですね。そういう了見じゃなきゃいけませんよ」

そんな言葉を交わしたのが、初めて玉置先生とお話をしたきっかけでございました。

その後、「駄句駄句会《だくだくかい》」と申しまして、山藤章二《やまふじしょうじ》先生、わたしの武蔵野美術大学の大先輩でございますが、この山藤章二先生がおやりになっている「駄句駄句会」という俳句の

会がございまして、そこで、玉置先生と再び再会することができました。玉置先生にそのときに声を掛けていただいて、

「そろそろ定期的に地に足を、根を張って、そして、少しずつ少しずつ地道に研鑽をすることがたい平君、大切じゃないか。そのためににぎわい座を使ってみたらどうだ」

っていう風に言っていただきました。

第一回目から五回目までは、こんなにたくさんのお客様が入るなんていうことは、夢にも思ってございませんでした。三分の一ぐらいのお客様だったでしょうか。毎回、毎回、お客様が減らなければいいいな。増えることなんてまったく考えない中、減らなければいい、減らなければいい、とにかくその一存で一生懸命やってきたつもりでございます。

十回、二十回、三十回と回を重ねる度に、こうやってたくさんの方が詰めかけていただいて、今では早くに発売日に並んでいただいたり、早くにお電話をしていただいて、チケットを求めて、そして、こうやってわざわざ日曜日のお遊び場所の多い中、たくさんの方が詰めかけていただける。そんな会にしていただいたのは、何度も申しますが、毎回、毎回、足を運んでくださるお客様のお力の賜物でございます。

これからも一生懸命、日々芸道精進をいたしまして、また、ここに来ると『笑点』とは違う、テレビとは違う、落語家、林家たい平に会える。そんな思いでこちらに来ていただ

き、そして、また、六十回、七十回、百回と回を重ねたときに、皆さんと共にまた喜びを分かち合える、そんな会を作れれば良いなと思っております。

今、ここに玉置宏先生がいらっしゃらないのだけが残念でございます。あとは、始めたときから皆さんご壮健で、そして、スタッフ、横浜にぎわい座の皆さんのお力を持ちまして、こうやって会を続けることが出来ました。今後とも林家たい平、天下たい平、ご贔屓、お引き立てのほど、隅から隅までずずいと御願い上げ奉りまするー（拍手）。

解説　たい平落語の魅力について

十郎ザエモン

さて本書を読まれた方は、きっとたい平さんの落語を生で見たいと思われるはずです。そんな方々にたい平さんの落語、以下「たい平落語」と表現させていただきますが、たい平落語の魅力を受け取るための手助けとして、解説を加えておきますので、余計なお世話と思わずに少しだけお付き合い下さい。

たい平落語の魅力はたくさんありますが、まず何と言ってもその「リズムとメロディの快適さ」でしょう。いきなり何だかわからないことを言われちゃった――と、思っているそこのあなた、これは重要ですよ。落語も音楽と同様にリズム、いわゆる言葉のテンポ感がありますし、また音の高さによる抑揚があります。すなわちリズムとメロディですよね。たい平さんの語る落語には、実に小気味の良いリズムとたゆたうようなメロディが流れるのです。そんなリズム&メロディを聴いているうちに、いつの間にかその噺の世界に浸っていくのです。例えば遊び人の若旦那が主人公の演目がわかりやすいかもしれません。『七段目』『湯屋番』『紙屑屋』『干物箱』などです。

魅力の二つ目は前の魅力とちょっと似ていますが、歌が上手なこと。落語の中では、当時流都々逸《どどいつ》や端唄、小唄などを、登場人物がくちずさむシーンが出てまいりますが、行った歌を軽く歌いながら主人公が行動している姿を想像すると、心がその世界に入り込みます。江戸時代から明治、大正、昭和の時代に庶民生活の中で親しまれたであろうメロディ、そんな歌のおかげで、その時代の香りが落語の隅々まで広がって噺の世界がより匂い華やかになるんです。『愛宕山』や『紙屑屋』などでたい平さんの素敵な喉を聴くと、心がウキウキしてきますよ。

それに勿論たい平さんは『芝浜ゆらゆら』という歌のCDも出していますので、現代の歌も上手なことは皆様ご存じの通りです

魅力の三つ目は仕草の美しさです。落語は舞台セットも何もない状態で、聴き手に何をしているところかを想像してもらうわけですから、これがまずいと噺の世界に浸れないことになります。たい平さんの仕草は、どれひとつとっても流れるような美しさと的確な動作で場面ごとの映像が、頭の中に鮮明に浮かんでまいります。『不動坊』で幽霊に扮した男が屋根からあやつり人形のように降りてくるシーンの楽しさ、『愛宕山』で谷底に飛び降りた男が、竹のしなりを使って飛び上がろうとするシーンなどは、格別の味わいです。落語を生で見る醍醐味はここにあると言えるでしょう。

またこれも、たい平落語の魅力のひとつと言って良いのは、根底に大きな人間愛が存在するということです。結果、悪人なども登場させず、また落語が昔から持っている残酷なシーンなども、極力演出方法を変えて演じることが、たい平落語の楽しさにつながっているのでしょう。数多くの落語家の中で、ここまで徹底して演出を変える人は、なかなかおりません。『たがや』のラストシーンは、他の落語家とまったく違うサゲになっています（ここでは申し上げられません）。また『らくだ』という噺では登場する主人公の屑屋と、やくざ者との関係が、酒を飲むうちに変化して行きつくシーンに驚かされ感動させられ、ほのぼのとした温かさに包まれること請け合いです。

さらに魅力のひとつとして数えられるのは、現代的なギャグを巧妙に織り交ぜて大爆笑を巻き起こすこと。実はこれが簡単なようでなかなかに難しい。上手く出来ない人がやると、無理やりとってつけた感じしか残らず、笑うに笑えなくなってしまうのです。たい平さんはこれが実にうまいのです。『禁酒番屋』では酒屋が門番侍に言い訳をするシーンで何とも珍妙な「飲んで覚える漢字ドリル」なるものが登場し、さらにはその言い訳に侍がのったふりをする——とてつもなく楽しい場面があります。これはいわゆるお笑い用語では「ノリツッコミ」と呼ぶのですが、そんな現代的な仕掛けを随所にちりばめ、笑いを紡いでいく、そんな自然な流れの中に溶け込ませることは、生半可な技術では出来ません。

「ノリツッコミ」という言葉が出て参りましたので、少し脱線しますが、お笑い用語について軽くふれておきますね。皆さんはテレビのバラエティ番組でよく「ボケ」と「ツッコミ」という言葉を聞かれると思いますが、実はこれも正確に把握していないとトンチンカンな発言をしてしまうかも知れませんよ。漫才の役割でボケ担当、ツッコミ担当などと表現されていますよね。では、このそれぞれの用語、皆さんはこんな風に考えていませんか？　例えば「ボケる」という言葉は「とぼけた人がとぼけた発言をすること」。また「ツッこむ」という言葉は、「テレビのレポーター等が、突っ込んだ質問をすること」。どちらも全く意味が違っていますので、お気を付け下さい。

まず「ボケる」とは「ギャグを放つ」ということ、そして「ツッこむ」とは「放たれたギャグを完成させる作業」のことなのです。つまりボケただけでは、笑いにはつながりません。ツッこんだ時に初めて、ギャグとして成立するんです。

わかりやすい例で言えば、面白さはともかくとして、背が低くて太ったブサイクな男が「オレ、脚は長いし、顔は福山雅治似だし……」と発言したとします。

横にいる人が「おいおい」とか「そんなわけねえだろ」とか「お前の家に鏡は、ねえのか」などと反応して、初めて笑いにつながるのです。これが横に人がいない状態で発言した場合は、かなり哀しい男がそこにいるだけ——と、いうことになってしまいます。

「ボケる&ツッこむ」何となく分かっていただけたでしょうか?

従って「ノリツッコミ」も、想像出来ますね。放たれたギャグに対して、一度はそのギャグと同じ立場に立って(のって)から、間をおいてそのギャグに対して反応する形、のことですね。前段『禁酒番屋』の侍が、酒屋のついた嘘にのっかってボケを重ねる場面がそれです。

当然この「ボケ・ツッコミ」構造は、昔から落語の中に存在していました。たい平さんの演目で言いますと、『青菜』にわかりやすく現れています。主人公の植木屋が金持ちの旦那に感化され、一言一句その真似をしていくという場面、仲間が訪ねて来たところへ、

「ご精が出ますな。植木屋さん」

と呼びかけるところから、たい平落語の真骨頂である怒涛のボケツッコミが始まり、爆笑に次ぐ爆笑の連続となります。

しかし、たい平落語の魅力は何と言ってもマクラの楽しさ、これに尽きるでしょう。実

は、落語の本筋と関連して使われるスタンダードなまくらというものが数多くあるのですが、たい平さんは、極力この古くからのまくらを使わずに、自らの体験や世の中の出来事から本筋へと至るエピソードを面白おかしく聴かせてから本編へ導いていきます。そしてまくらを語る姿勢は、常に「下から目線」です。そう途轍もなく大きな庶民感覚に溢れた視点から話される身近な出来事に、思わず爆笑させられてしまうのです。

以上、たい平落語の世界を、「笑い」に足場をおいて解説をしてまいりましたが、実は忘れてはならないたい平落語の魅力を、最後にもうひとつ申し上げます。

落語には人情噺《にんじょうばなし》というジャンルがあり、笑いをとるための仕掛けをあまりせず、聴いているお客様の心に、安らかな感動と暖かな涙を誘う演目がたくさん存在しています。ここが、たい平さんの目指すもう一つの世界と言えるでしょう。そんな世界感を持って語られる演目には、『芝浜』や『文七元結』などがあります。『芝浜』では、貧乏な魚屋夫婦の情愛が、冬の寒さの中できめ細やかに語られ、『文七元結』では、心優しい江戸っ子の意地と人情が、思わぬハッピーエンドを招き寄せます。しっとりとした情景に、聴く者をほっと暖かな気持ちにさせくれます。

そんな演目の数々を、あらためて聴きに出かけてみようと思っていただければ幸いです。

十郎ザエモン プロフィール

本名　眞柄久義（まがら・ひさよし）

１９５２年　東京生まれ　子供の頃からの落語好き
１９６８年　都立日本橋高校へ進み落語研究会へ入部、近所の人形町末広亭に通う
１９７１年　獨協大学英語学部へ進み　軽音楽部所属、ロックバンド結成
１９７６年　ＲＶＣ㈱入社　洋楽宣伝部
１９８４年　㈱ミディ設立に参加
１９９３年　コロムビア音楽出版㈱入社　後に取締役就任
１９９８年　この頃より落語家との交流も深くなり落語のＣＤ制作を開始する
２００４年　ゴーラック合同会社設立　落語ＣＤのプロデュースを専門に現在に至る

「演目当てクイズ」 答えあわせ

第1問【難易度C】＝『粗忽の釘』
そそっかしい人が「引越しをする」というくだりで、ぴんと来る人が正解です。
第2問【難易度C】＝『たが屋』
この章は、あえて古典落語のまくらを残しておきましたので、サービス問題でした。
第3問【難易度B】＝『らくだ』
「酒を飲むと人がかわる」ことから、『らくだ』に登場する「屑屋さん」を暗示しています。ただ、酔っ払いの話は多いので難易度はBです。
第4問【難易度C】＝『抜け雀』
街道沿いの当事の「駕籠かき」は評判が悪かったという話題で、すぐに『抜け雀』とおわかりになる方は多いでしょう。
第5問【難易度A】＝『長屋の花見』
花見の話題なので、演目数が多いです。意地悪な問題でした。
第6問【難易度A】＝『へっつい幽霊』
最先端の家電から、骨董の話題なので、古道具屋の噺と推測出来るのですが、こちらも選択肢が多いので難問でした。
第7問・難易度A『船徳』
取材でロケした漁船体験記なので、「船」の噺とお察しになると思います。「船」の噺も演目数が多いので、難しい問題でした。
第8問【難易度B】＝『三年目』
「こんな姿じゃ、人前に出られない」という女性心理で、ピンと来るでしょう。
第9問【難易度B】＝『粗忽長屋』
たい平師の『粗忽長屋』は、遺体を長屋に持って帰ってからのオリジナル・エピソードがあります。長屋の住人が全員「粗忽者」という工夫が楽しい一席です。
第10問【難易度A】＝『夏泥』
泥棒に入られた家人の方が度胸が据わっている噺は多いので、難しい問題です。
第11問【難易度B】＝『猫の皿』
旅先の古道具屋の話題と、「何でも鑑定団」の話題が大きなヒントでした。
第12問【難易度B】＝『禁酒番屋』

酒癖の悪さと、刀を持った武士で、『禁酒番屋』の冒頭につながるまくらです。
第13問・難易度B『あくび指南』
「昔は変なお稽古所がたくさんあったみたいで〜」このフレーズが大きなヒントでした。
第14問【難易度C】＝『子ほめ』
最後の、「人を褒める難しさ」というくだりで当てられるサービス問題です。
第15問【難易度B】＝『宿屋の富』
「くじ」に大当たりする話題で、選択肢は絞られると思います。他にもあるので、ちょっと難しい問題でした。
第16問【難易度B】＝『井戸の茶碗』
「正直者が損をするような、そんな時代ではいけませんね」が、最大のヒントでした。
第17問【難易度A】『湯屋番』
若旦那が主人公の演目は数多くあるので、難易度が高い問題になりました。
第18問・難易度C『ちりとてちん』
お饅頭にカビが生えた話題で、もうおわかりになると思います。

QRコードをスマホで読み込む方法

特典頁のQRコードを読み込むには、専用のアプリが必要です。機種によっては最初からインストールされているものもありますから、確認してみてください。

お手持ちのスマホにQRコード読み取りアプリがなければ、iPhoneは「App Store」から、Androidは「Google play」からインストールしてください。「QRコード」や「バーコード」などで検索すると多くの無料アプリが見つかります。アプリによってはQRコードの読み取りが上手くいかない場合がありますので、いくつか選んでインストールしてください。

アプリを起動すると、カメラの撮影モードになる機種が多いと思いますが、それ以外のアプリの場合、QRコードの読み込みといった名前のメニューがあると思いますので、そちらをタップしてください。

次に、画面内に大きな四角の枠が表示されます。その枠内に収まるようにQRコードを映してください。上手に読み込むコツは、枠内に大きめに納めること、被写体との距離を調節してピントを合わせることです。

読み取れない場合は、QRコードが四角い枠からはみ出さないように、かつ大きめに、ピントを合わせて映してください。それと、手ぶれも読み取りにくくなる原因ですので、なるべくスマホを動かさないようにしてください。

『愛宕山』

【録音データ】2006年9月3日　埼玉県秩父市歴史文化伝承館
林家たい平特別独演会　36分4秒

国民的演芸TV番組『笑点』に大喜利メンバーとして出演した
2年目の秋、故郷・秩父の歴史文化伝承館で演じた
「林家たい平」真打昇進6年目、乗りに乗っている高座。
たい平十八番の『愛宕山』は、底抜けに陽気に描いた幇間・一八が、
噺の中で縦横無尽に大活躍する。古典落語に、現代の「くすぐり」
を強烈に入れ込む「たい平落語」をご堪能あれ。

パスワード　06090301

『不動坊』

【録音データ】2006 年 9 月 3 日　埼玉県秩父市歴史文化伝承館
林家たい平特別独演会　36 分 45 秒

旅先で急死した講釈師の未亡人の再縁をめぐって、
長屋の独り者連中が嫉妬の団結。婚礼の晩に、寄席芸人を
先夫の幽霊に化けさせて、新しい亭主を驚かせることになった。
企て通りにことが運ばない滑稽な噺を、
シットコム風に描いた「たい平落語」の真骨頂。
笑いが連続する面白さは、折り紙付き絶品の一席。

パスワード　06090302

林家たい平　快笑まくら集

2015年8月13日　初版第一刷発行

著……………………………………………………… 林家たい平
解説…………………………………………………… 十郎ザエモン

編集人………………………………………………… 加藤威史
編集協力……………………………………… オフィスビーワン
協力…………………………………………………… 横浜にぎわい座
ごらく茶屋
ブックデザイン…………………………………… mjolk co.,ltd

発行人………………………………………………… 後藤明信
発行所…………………………………………… 株式会社竹書房
〒102-0072　東京都千代田区飯田橋2－7－3
電話　03-3264-1576（代表）
03-3234-6224（編集）
http://www.takeshobo.co.jp
印刷・製本………………………………………… 図書印刷株式会社

※本作特典のＱＲコードによる音声配信は、2017年1月末日で配信終了を予定しております。予めご了承下さい。
ISBN978-4-8019-0435-4 C0176
Printed in JAPAN